그레이트 코리아

1판 1쇄 찍음 2015년 4월 17일
1판 1쇄 펴냄 2015년 4월 21일

지은이 | 정사부
펴낸이 | 정 필
펴낸곳 | 도서출판 뿔미디어

편집장 | 이재권
기획 · 편집 | 윤영상

출판등록 | 2002년 9월 11일 (제081-1-132호)
주소 | 경기도 부천시 원미구 소향로 17번길(두성프라자) 303호 (우)420-864
전화 | 032)651-6513 / 팩스 032)651-6094
E-mail | bbulmedia@hanmail.net
홈페이지 | http://bbulmedia.com

값 8,000원

ISBN 979-11-315-6391-5 04810
ISBN 979-11-315-6125-6 04810 (세트)

contents

1.
차세대 주력 전차의 기준

천하 디펜스의 회의장은 바늘 하나 떨어져도 울릴 정도로 조용했다.

그도 그럴 것이 천하 디펜스의 회장이 주재하는 회의도 아닌, 무려 천하그룹 회장인 정대한이 상석에 앉아 회의를 주도하고 있어서였다.

괜한 소란을 일으켰다가는 어떤 불호령이 떨어질지 모르기 때문이다.

나이가 들어도 무엇을 먹었는지 천하 디펜스의 회장이자 자신의 둘째 아들인 정명환과 비교를 해도 그리 차이가 나지 않았다.

모르는 사람이 두 사람을 보게 된다면 닮은 얼굴 때문에 형제라고 생각할 정도로 정대한 회장의 외모는 나이에 비해 젊었다.

"이건 국방부 공문이고, 이것은 육군이 요구한 차세대 전차의 스펙입니다."

천하 디펜스의 이사인 정수현이 자리에서 일어나 준비한 파일을 회의에 참석한 인원에게 넘겼다.

차세대 주력 전차 XK—3 성능 요구서.

화력 : 교전거리 2km에서 1,200mm 두께의 장갑을 파괴할
　　　　수 있어야 한다.

방어력 : 1km에서 120mm포의 포탄에 관통되지 않아야 한다.
　　　　RPG나 대전차 미사일을 방어할 수 있는
　　　　소프트 킬(Soft Kill) 및 하드 킬(Hard kill) 시
　　　　스템을 갖춰야 한다.

기동성 : 최고 속도 70km 이상, 야지 50km이상, 0∼40km
　　　　를 4초 내에 도달할 수 있을 것.

파일을 열어 본 임원들은 내용을 확인하고 너무 놀라 벌어진 입을 다물 수가 없었다.

다른 것은 다 넘긴다고 해도 방어력 부분에 나온 육군의 요구사항에 어이가 없었다.

미국이나 러시아와 같은 군사강대국이 상정한 전차전 교리를 보면 현대의 전차전의 교전 거리는 1.5~2km로 본다.

그리고 이 교전 거리에서 적 전차의 주포 공격을 방어할 수 있는 장갑을 요구하고 있었는데, 지금 대한민국 육군에서는 이런 강대국의 군에서 요구하는 요구치보다 월등한 장갑 방어력을 요구한 것이다.

막말로 화력 부문에서 요구한 2km에서 1,200mm관통력을 가진 전차포의 공격을 1km에서 막으라는 말이었다.

압연강판 1,200mm라는 말은 장갑의 두께가 1.2m라는 말이었다.

물론 이건 현대 전차에 쓰이는 장갑이 아닌, 2차 대전 당시 사용하던 압연강판 기준의 두께이기 때문에 현대전에 사용되는 세라믹 복합장갑과는 차이가 있는 것이다.

육군이 요구한 방어력은 한 마디로 불가능한 것이었다.

현존하는 최고의 전차로 알려진 미국의 M1A3나 독일의 레오파드2A7 그리고 러시아의 T—95의 공격을 1km에서 직격을 당하더라도 막을 수 있어야 한다는 소리였다.

"회장님! 이건 말도 되지 않습니다."

"맞습니다. 육군에서는 불가능한 것을 요구하고 있습니다. 어떻게 1km에서 120밀리 포를 막으라는 것입니까?"

파일을 확인한 임원들이 모두 불가능하다며 성토를 하였다.

임원들의 말이 있기 전 파일을 살펴본 정대한 회장도 같은 생각이었다.

천하 디펜스에서 그동안 축적한 노하우가 있다고 하지만, 육군에서 요구한 전차 성능을 내기 위해선 도저히 불가능하였다.

그동안 쌓은 기술이 있기에 일부 성능은 구현이 가능하겠지만, 2km에서 1,200mm 장갑을 관통하는 것과 1km에서 120mm포에 직격을 맞고 버텨야 한다는 말도 되지 않는 성능 요구는 도저히 불가능했다.

아니, 화력 부문은 어떻게 독일의 메탈사와 협업을 하여 가져올 수 있겠으나, 1km에서 120mm포의 직격을 맞고도 견딜 수 있는 장갑을 구현하는 것은 그 어떤 전차 개발업체도 구현하지 못한 기술이다.

그러니 천하 디펜스의 임직원이나 정대한 회장이나 다 인상을 쓰고 있는 것이다.

하지만 군에서 이런 요구를 한 것은 다 이유가 있었다.

현재 대한민국의 군이 주적으로 규정한 북한 때문인데, 북한은 2016년 많은 수의 신형전차를 동맹인 러시아로부터 수입을 하였다.

뿐만 아니라 기존 자신들이 가지고 있던 노후화 된 전차는 개량을 하여 화력만큼은 대한민국이 보유한 전차에 뒤지지 않을 정도의 화력을 가지게 만들었다.

물론 그 정도라면 기존에 보유한 K—1전차나 그 개량형인 K—1A1 전차 그리고 주력 전차인 K—2흑표 전차로 충분히 막을 수 있을지 모른다.

하나 러시아가 2015년 후반에 선보인 T—95전차로 인해 그러한 자신감은 사라졌다.

러시아가 자신들의 주력 전차를 경제 상황이 안 좋은 북한에 팔지는 않겠지만 그래도 모르는 것이다.

러시아의 주력 전차인 T—95는 그 성능이 세계에 알려지면서 그동안 러시아를 주축으로 하는 공산주의 국가들의 전차보다 월등하다고 자부하던 서방 세계에 경종을 울렸다.

구현이 불가능하다고 알려진 140㎜주포를 장착하였고, 또 서방 세계의 전차들보다 방어력이 떨어진다는 단점을 가지고 있던 장갑의 성능을 동등하게 끌어 올렸다.

그러면서도 서방 세계에서 완벽하게 보완하지 못한 능동 방어 체계(Active Protection System)를 완성하기에 이른다.

적외선 탐지와 레이저 탐지는 물론, RPG나 대전차 미사일에 대한 방어까지 완벽하게 막아 낼 수 있는 시스템을 T—95는 갖췄다.

만약 이런 전차가 북한에 공여 된다면 대한민국은 육군 전력에서 북한을 압도한다고 말할 수 없게 된다.

이런 이유로 육군에서는 주력 전차로 생산하던 불완전한 K—2의 생산을 중단하고, 보다 우수한 전차 개발에 나선 것이다.

육군에서 요구한 전차 방어력은 전적으로 러시아의 주력 전차인 T—95가 북한에 넘어갔을 때를 상정한 것이었다. T—95에 대한 방어력을 감안한 요구였다.

그러니 이런 육군의 요구가 무리하다고만 할 수도 없었다.

한편 회의실 한쪽에 자리 잡고 정수현이 넘긴 파일을 살피던 수한의 눈이 반짝였다.

사실 수한도 육군에서 요구한 전차 성능 요구서를 확인하고 놀랐다.

하지만 마음 한편으론 조금 안심이 되기도 했다.

육군이 무엇 때문에 이런 무리한 요구를 하게 되었는지 짐작할 수 있었기 때문이다.

수한이 미국에서 공부를 하고 있을 때 미국도 이런 문제로 대학 연구소에서 연구가 활발했다.

누가 뭐라 해도 현 세계 최강 대국은 미국이다.

그런데 자신들이 최강이라 떠들던 M1A3보다 월등한 성능의 전차가 경쟁국인 러시아에서 생산이 되었으니 얼마나

자존심이 상하겠는가.

더욱이 먼저 실전 배치를 한 T—95보다 일 년이나 뒤늦게 실전 배치된 M1A3이 화력 측면에서 약간 부족했다.

더욱이 두 전차의 생산 단가도 러시아의 T—95가 적었다.

아니, 적은 정도가 아니라 절반 정도로 T—95가 저렴했다.

M1A3의 생산 단가가 700만 달러에 비해 러시아의 T—95는 400만 달러가 조금 안 되었다.

아무리 러시아의 경제 사정이 좋지 못하다고 하지만 충분한 숫자의 T—95를 실전 배치할 수 있었다.

물론 기존 T—90의 생산 단가에 비해 엄청나게 생산 비용이 들어가 많은 숫자를 생산할 수는 없었지만, 그래도 미국을 압도하기에는 충분했다.

이런 이유 때문에 미국은 무너진 자존심을 세우기 위해 극비리에 4세대 전차를 개발하고 있었다.

러시아처럼 140㎜는 아니지만 140㎜ 화학포를 능가하는 레일건을 전차에 장착할 야심찬 계획을 세웠던 것이다.

만약 미국의 계획이 성공을 거둔다면 더 이상의 경쟁은 무의미해진다.

전차의 발달은 창과 방패의 싸움처럼 창으로 대변되는 주포의 구경과, 방패에 해당하는 전차 장갑의 개발의 싸움이었다.

주포의 성능이 떨어지는 공산 진영에서는 화력을 높이기 위해 주포의 구경을 늘렸다.

미국이나 독일을 주축으로 하는 서방에서 90㎜포를 개발하면 러시아를 필두로 한 동구권에서는 구경을 키운 100㎜포를 개발하였다.

그러면 다시 서방측에서 105㎜를, 그러면 115㎜를, 이런 식으로 화포의 화력을 키우는 경쟁을 하였다.

그런데 화학포의 정점이라는 130㎜포를 능가하는 140㎜ 주포를 러시아에서 개발을 하자 이를 능가하기 위해선 레일건이나 레이저 포 정도만이 가능하다는 서방의 과학자들의 주장에 따라 미국은 오래전부터 연구하게 되었다.

물론 미국이 레일건 연구나 레이저 포의 연구를 하는 것이 러시아와의 전차 개발 경쟁에서 뒤져서 그런 것은 아니다.

시대가 바뀌며 전쟁학자들 사이에서 전차 무용론이 대두되었기 때문에 전차를 연구하기보단 단번에 모든 걸 파괴할 수 있는 효율적인 미래 무기를 연구한 것이다

이 모든 것이 미국의 계속되는 무역적자에 이른 국방 예산의 감축과도 연관이 있었다.

아무튼 수한은 미국이나 서방측이 어떻게 자국을 보호할 무기들을 개발하고 있는지 잘 알고 있기에 천하 디펜스의 임

원들이 무리한 요구라 폄하하고 있는 요구서를 보면서도 고개를 끄덕이는 것이다.

"잠시 제가 한 말씀 드리겠습니다."

수한은 임원들이 육군의 요구에 불가능하다 떠들고 있을 때 그렇게 나서서 입을 열었다.

협력업체의 대표로 나온 수한이 발언을 하자 모두 수한에게 시선이 모였다.

"지금 우리는 육군이 요구한 이 차세대 전차에 대한 요구서대로 연구를 해야 합니다."

수한의 말에 지금 수한이 무슨 말을 하는지 이해할 수가 없었다.

지금 수한은 불가능을 가능하게 만들어야 한다고 떠들고 있기에 임원들은 젊은, 아니, 어린 수한이 아무것도 모르고 나선다 생각하였다.

"어떻게 그럴 수 있다는 것입니까?"

비록 수한의 나이는 어리지만 이곳에 협력업체의 대표로 참석을 한 것이기에 말을 하는 임원도 함부로 수한에게 말을 낮출 수 없었다.

"육군에서 이런 요구를 한 것은 러시아의 주력 전차인 T—95를 북한이 도입했을 것을 상정하고, 그에 대응하기 위한 차세대 전차의 방어력을 추산한 듯싶습니다."

수한은 육군이 무엇 때문에 이런 터무니없는 방어력을 요구했는지 말하였다.

그런 수한의 답변에 이 자리에 있는 몇몇 임원들은 생각에 잠겼다.

이들도 천하 디펜스의 임원으로 각국의 무기들에 대한 정보는 누구 못지않게 잘 알고 있었다.

정대한 총회장이 천하 디펜스만의 힘이 아닌 천하그룹 차원에서 역량을 기울여 차세대 전차를 개발하겠다는 발표를 했을 때, 발 빠르게 정보를 모았다.

전 세계에 생산되고 실전에 배치된 각국의 주력 전차들의 성능을 알아보고. 또 그것을 보기 쉽게 파일로 정리하여 가지고 있었다.

그렇게 준비를 해야 가장 뛰어난 전차를 개발할 수 있는 밑그림을 그릴 수 있기 때문이다.

그런데 생각지 못한 곳에서 예상이 빗나갔다.

설마 현대 전차전의 상식을 무시하는 성능을 원할 줄은 몰랐다.

그동안 방어력 요구 조건은 전부 교전 거리에서의 충분한 방어력을 갖는 것이었다.

그런데 육군에서는 아마도 최악의 상황을 고려해 승조원들의 안전을 확보하려는 것 같았다.

이런 생각에 임원들과 정대한 회장까지 고민을 하는 중이다.

"사실 이런 육군의 요구가 무리한 것은 저도 알고는 있지만, 우리가 이미 국방부에서 발표한 차세대 주력 전차 개발에 뛰어들기로 했으니 육군의 요구를 수용해야 합니다."

수한은 담담하게 자신의 생각을 이 자리에 있는 사람들에게 말하였다.

이런 수한의 말에 정대한 회장은 눈을 감고 생각에 잠겼다.

회의장 안에 있던 사람들이 모두 자신의 말을 듣고 생각에 잠겨 있을 때 수한은 수한대로 육군이 요구한 성능을 기반으로 전차를 구상해 보았다.

솔직히 K—2흑표 전차에서 실패한 능동 방어 체계는 시간이 지나면서 기술이 완성되었다.

다만 흑표의 기본 설계가 잘못되어 구현된 능동 방어 체계와 설계에 들어간 다른 방비와 충돌을 하는 바람에 개량하지 못하였다.

이런 이유에서도 육군은 기존 K—2전차를 계속해서 생산하기보단 보다 완벽한 전차를 요구한 것이다.

더욱이 현대전의 양상은 예전 전쟁과는 다르게 펼쳐진다.

예전에는 대규모 병력끼리 힘 싸움을 하였다면, 현대전은 그렇지 않고 소수의 정예병들이 도시에 침투를 하여 전쟁을 치르는 소규모 시가전이 주축을 이루게 되었다.

그러다 보니 전장에 동원되는 전투 장비들의 성능 요구도 그에 맞게 변했다.

그래서 미국은 차세대 전차의 크기와 무게는 줄어들고, 기존 120㎜의 전차포 역시 더 이상 화력을 늘리기 위해 구경을 키우는 경쟁을 하기보다는 시가전에 맞게 화력을 줄이는 대신 연속 발사가 가능한 속사포 내지는 발칸포로 바뀔 것이라 예상을 하였다.

하지만 이런 과학자들의 주장을 비웃기라도 하듯 러시아에서 T—95라는 괴물을 만들어 내자 미국이나 독일 등 서방 국가에서는 발등에 불이 떨어지고 말았다.

과학자들의 예상은 소수의 정예병이 벌이는 시가전을 상정하고 전차의 존재 이유를 기존 육군 화력의 전면에서 전쟁을 주도하기보다는 시가전에서 약해진 아군의 화력 지원 정도로 보았다.

그러다 보니 과도한 화력은 시가전에 불필요하게 되었다.

보다 빠르게 발사하여 아군 보병을 지원하는 그런 전력, 높은 곳에서 저격을 하는 저격수에게서 아군을 지키기 위해 고각 사격을 할 수 있는 그런 발칸포를 탑재한 전차를 상정하고 연구를 하였다.

GREAT
그레이트 코리아
KOREA

그런데 그와 반대로 러시아는 기존 서방 국가들이 가지고 있는 막강한 화력과 방어력을 가진 주력 전차들을 단번에 파괴할 수 있는 전차를 개발해 실전 배치를 하였다.

더욱이 기존 러시아 전차와 다르게 화력만 강하고 방어력은 빈약한 전차가 아니었다.

방어력도 획기적으로 개량하여 교전 거리인 2㎞에서는 절대로 단번에 파괴가 불가능했다.

가장 장갑이 두터운 전면장갑뿐 아니라 비교적 얇은 측면장갑까지도 기존 120㎜전차포로는 파괴가 불가능했다.

그러니 러시아와 인접한 독일이나 프랑스 등 국가는 물론이고, 이들과 동맹을 맺고 있는 미국도 발등에 불이 떨어져 T—95에 대응할 전차를 개발하기에 이르렀다.

하지만 아직도 T—95를 능가하는 전차는 나오지 않았다.

다만 UN에서 사용 금지한 무기인 열화우라늄탄을 사용하면 기존의 전차포로도 교전 거리에서 T—95의 장갑을 관통할 수 있다는 보고가 있기에 조금 여유를 가지고 새로운 전차포를 개발 중이기는 하다.

수한은 예전 미국에 있을 때 이미 이런 연구를 홀로 했다.

미국 대학에서 박사 학위를 받기 위해 논문을 쓸 때 이론은 완성해 두었다.

그러니 그것을 바탕으로 연구를 하다 보면 육군이 요구하는 화력의 전차포를 개발할 수 있을 것이며, 방어 장갑 또한 개발할 수 있을 것이란 생각을 하였다.

어차피 전차포와 전차 장갑은 창과 방패처럼 앞서거니 뒤서거니 하며 연구개발 되고 있기 때문에 시간만 주어진다면 충분히 이것 또한 구현 가능할 것이라 생각했다.

영종도 인천 국제공항 탑승객 출구에 일본어로 환영한다는 피켓을 들고 서 있는 사내들이 있었다.

"유 이사, 몇 시 비행기라 했지?"

일신 중공업 사장이자 그룹 전략 기획 실장인 신원민은 자신을 수행해 함께 나온 일신 중공업 영업 이사인 유인태를 보며 물었다.

오늘 신원민 사장이 인천 국제공항에 나와 있는 것은 일본에서 오는 혼타와 미쓰비 중공업의 대표들을 맞이하기 위해서다.

그들은 대한민국 국방부에서 발표한 차세대 주력 전차 개발에 참여하기 위한 컨소시엄을 형성하였기에 오는 것이다.

일신그룹에서는 컨소시엄을 형성할 때 국내 여론의 질타를 막기 위해 혼타와 미쓰비란 이름을 전혀 쓰지 않기로 결정하였다.

이는 두 일본 기업이 너무도 잘 알려진 일본의 우익그룹이기 때문이다.

일제강점기 때에도 조선인들을 강제로 징집하여 노동력을 착취한 전력이 있는 기업들이라 더욱 이번 국방부에서 발표한 차세대 주력 전차 개발에 이들 일본 기업이 참여하게 된다면 일신그룹은 사업을 참여도 하기 전 여론에 밀려 사업을 중단해야만 할 것이다.

그러한 사정을 잘 알고 있는 신상욱 회장은 두 기업에 양해를 구하고 완전 다른 이름으로 컨소시엄을 만들었다.

그리고 최대한 비밀을 지키기 위해 일신그룹에서는 사업을 총괄할 존재로 차기 회장에 가장 유력한 신원민 사장이 직접 혼타와 미쓰비에서 올 인사들을 데리고 가기 위해 인천 국제공항까지 나왔다.

"저기 나옵니다."

신원민 사장의 질문에 출구에서 나오는 이들을 살피던 유인태 이사는 혼타와 미쓰비 중공업에서 올 대표들의 얼굴을 확인하고 대답을 하였다.

이미 컨소시엄을 구성하기 위해 일본에서 한차례 협상을 하면서 얼굴을 익혔기에 유인태 이사는 출구에서 나오는 이들을 알아볼 수 있었다.

"ようこそ(환영합니다)!"

일본어가 유창한 유인태 이사는 능숙한 일본말로 다가오는 혼타와 미쓰비의 대표들을 맞이하였다.

"いらっしゃい(어서 오십시오)."

"반갑습니다."

유인태의 인사에 일본어로 답하는 혼타에서 온 일본인과 다르게 미쓰비 중공업에서 온 마쓰모토 켄은 조금 어눌하기는 하나, 능숙한 한국어로 인사를 하였다.

그런 켄의 모습에 혼타에서 파견 나온 오다 이치로도 얼른 표정을 바꿔 한국어로 인사를 하였다.

"만나서 반갑습니다."

오다 이치로의 한국어는 오히려 먼저 인사를 했던 마쓰모토 켄 보다 더 유창하여 일본인인지 알 수 없을 정도였다.

그런 오다 이치로의 한국어 인사에 마쓰모토 켄의 표정이 굳었다.

이런 두 사람의 모습에 유인태 이사의 뒤에 있던 신원민 사장의 눈이 반짝였다.

비록 함께 오기는 했지만 두 사람의 관계가 썩 좋지만은 않은 것 같았기 때문이다.

세 회사의 대표들이 인천 국제공항 로비에 있기는 했으나, 각자 자신들이 속한 기업의 이익을 위해 온 것이라 그런지

화기애애한 분위기는 아니었다.

"여기서 이럴 것이 아니라 일단 가시지요."

혼타와 미쓰비 중공업어세 나온 이들이 한국어를 할 줄 안다는 것을 깨달은 신원민은 유인태 이사에게 맡기려던 것을 철회하고 앞으로 나서며 말했다.

원래 일본어에 약한 신원민 사장이다 보니 이번 혼타와 미쓰비 중공업의 파견 인원을 맡는 일에 일본어가 유창한 유인태 이사를 전면에 내세웠다.

그리고 프로젝트가 끝날 때까지 그들을 전담하게 하려고 했는데, 두 회사에서 나온 이들이 한국어가 유창하다는 것을 알게 되자 굳이 그럴 필요가 없다는 생각에 직접 나섰다.

신원민 사장의 말에 자리에 있던 사람들은 공항을 빠져나와 준비된 차에 올라섰다.

이들이 탄 차는 공항을 빠져나와 이들이 묵을 백제 호텔로 향했다.

일본에서 온 혼타와 미쓰비 중공업이 일신그룹과 컨소시엄을 구성했다고 하지만, 아직 사업의 초반 단계라 굳이 한국에 장기 체류를 위해 숙소를 마련할 필요가 없어 호텔에 숙

소를 잡았다.

백제 호텔이 대한민국에서 최고의 호텔이라고 하지만, 어차피 이곳 역시 일신그룹 계열이기 때문에 이들에게 방을 마련해 주는 것은 일도 아니었다.

"좋군요?"

당분간 자신들의 숙소가 될 방을 둘러본 오다 이치로 이사를 비롯한 혼타에서 파견 나온 일본인들은 만족한 표정을 지었다.

그리고 말은 하지 않았지만 미쓰비 중공업에서 나온 이들 또한 이들과 다르지 않았다.

6성급 호텔은 전 세계에서도 그리 흔한 곳이 아니기 때문에 비록 최고급인 펜트하우스는 아니나, 그래도 그 아랫 단계인 럭셔리룸을, 그것도 이들을 위해 한 개 층을 모두 이들에게 배정을 한 것에 일본인들은 만족감을 느꼈다.

그만큼 자신들이 한국에서 대우를 받는다고 생각이 되었기 때문이다.

물론 혼타나 미쓰비 중공업의 이사급들이면 6성급 호텔에 묵을 수도 있었지만, 그렇다고 하룻밤 숙박비 1,500만 원이 부담되지 않는 것도 아니다.

아무튼 공항에서 바로 호텔로 온 이들은 일단 간단하게 짐을 풀고 이른 저녁을 먹었다.

미리 준비된 것인지 식당에 당도하자마자 음식이 나왔다.

어떻게 보면 상대의 의중도 묻지 않고 음식을 주문한 것에 불쾌감을 느낄 수도 있겠지만, 들어오는 음식을 접한 일본인들은 어느 누구도 불만을 토하지 않았다.

일본인들을 대접하기 위해 신원민 사장이 준비한 것은 일본인들이 좋아하는 참치 회였기 때문이다.

그것도 냉동 참치가 아닌 생 참치였다.

"혼마구로!"

음식 트레이 위에 놓인 커다란 생선을 보며 큰 소리로 감탄사를 흘렸다.

일본에서는 참치를 마구로 또는 혼마구로라 불렀는데, 지금 다가오는 참치의 크기는 흔히 볼 수 있는 그런 참치가 아닌, 2m에 이르는 아주 커다란 놈이었다.

언뜻 봐도 시가로 1억이 넘어가는 엄청난 놈이었다.

참치가 최대 3m까지 자란다고 하지만, 지금 보이는 2m짜리도 엄청난 것이다.

일신그룹에서도 천하그룹과 마찬가지로 이번 국방부에서 발표한 차세대 주력 전차 개발 사업에 총력을 기울였다.

일신그룹의 신상욱 회장은 눈에 가시와도 같은 천하그룹을 무너뜨리기 위해 많은 노력을 하였다.

하지만 쓰러질듯 쓰러지지 않는 천하그룹을 보며 다각적으로 분석을 하였다.

솔직히 재계 순위를 봐도 10위권 안에 있는 일신그룹과 30위권에 있는 천하그룹이 대립을 하면 백이면 백 일신그룹이 우위를 점한다.

그렇게 10여 년을 싸웠으면 천하그룹은 30권이 아니라 100위권 밖으로 밀려나거나 아니면 그룹이 해체가 되었어야 하지만, 천하그룹은 그렇지 않았다.

비록 20위권에서 30위권으로 순위가 밀려나긴 하였으나, 어차피 20위권 그룹이나 30위권 그룹의 차이는 별로 없었다.

시가총액에서 그리 차이가 나지 않기 때문이다.

신상욱 회장은 천하그룹이 자신들의 공격을 받고도 유지할 수 있는 원인을 분석한 결과, 유지되는 이유를 천하 디펜스라고 꼽게 되었다.

옛말에 무기 장사는 인류가 멸망하지 않는 이상 망하지 않는다고 했던가.

그래서 그런지 대한민국 방위 산업 부문에서 최고의 자리를 잡고 있는 천하그룹이다 보니 아무리 일신그룹이 다른 부문에서 눌러도 무너지지 않는 것이다.

이 때문에 신상욱 회장은 어떻게든 천하그룹에 타격을 주기 위해 갖은 노력을 하였다.

그 결과가 작년에 터졌던 불량 휴대용 미사일 사건이었다.

천하 디펜스의 정수현 이사가 주도한 이 휴대용 미사일 파문은 사실 신상욱 회장이 꾸민 음모였다.

일신그룹은 전혀 전면에 나서지 않고 제삼자를 이용해 정수현 이사를 함정에 빠뜨린 것이다.

로비스트를 이용해 허영심 많은 정수현을 함정에 빠뜨려 불량 무기를 구매하게 만들었다.

겉보기에는 멀쩡했지만 알맹이는 아니었다.

겉만 비슷하지 생산된 시기도 오래된 구형의 무기였다.

이미 수명이 끝난 무기였기에 당시 정수현 이사는 싼 가격에 무기를 수입하여 군에 납품을 하였다.

이 대문에 정수현은 국방부에 표창을 받기도 했지만 이게 모두 신상욱 회장의 음모였다는 것은 몰랐다.

그 때문에 작년 청문회를 통해 정수현이 도입한 무기들이 불량이고, 그중 작동되는 것들도 구형 무기라 북한의 기갑군단을 막을 수 없다고 알려지면서 무기를 수입한 정수현은 물론, 그가 몸담고 있는 천하 디펜스 그리고 모기업인 천하그룹까지 전 국민에 욕을 먹었다.

이렇게 천하그룹의 아성에 흠집을 내는 데 성공을 하였지만 발 빠른 천하그룹의 대처로 금방 무마가 되었다.

천하그룹은 수한이 건네준 설계도를 바탕으로 최신 무기를 저렴한 가격으로 군에 납품을 하였다.

정수현이 납품했던 외국에서 들여온 휴대용 미사일이 불량인 것을 감안해 정말로 저렴한 가격에 판매를 한 것이다.

이로써 천하그룹은 실수를 만회하게 되었고, 전 세계에서 휴대용 미사일을 개발한 다섯 번째 국가로 위상을 높였다.

더욱이 천하디펜스에서 생산해 납품한 휴대용 대전차 미사일은 현존하는 대전차 미사일 중 가장 강력한 것이라는 것이 실험 결과로 나왔기에 군에서는 더욱 좋아하였다.

일신그룹은 자신들과 척을 지고 있는 천하그룹을 누르기 위해 많은 노력을 하였지만, 결과가 신통치 않아 천하그룹을 예의 주시하였다. 그런데 다시 한 번 기회가 왔다.

국방부에서 발표한 차세대 주력 전차 개발 사업에 천하그룹이 그룹의 사활을 걸고 총력을 기울인다는 정보를 습득하자마자 궁리를 하였다.

어떻게 하면 천하그룹을 쓰러뜨리거나 아니면 회복 불능의 상태로 만들 수 있을지 말이다.

물론 그러면서도 실패를 하여도 피해가 적어야만 했다.

방위 사업이라도 망하지 않는 것은 아니다.

많은 자금을 들여 무기를 개발했는데, 정작 군에서 도입을 하지 않으면 쓸모없는 것이 되는 거다.

일반적인 상품처럼 다른 곳에 판매를 할 수도 없는 것이 바로 무기다.

더욱이 자신들은 천하그룹에 비해 무기 개발에 대한 노하우가 부족했다.

그러니 실패했을 때의 그룹이 받아야 할 데미지를 최소한으로 하기 위해서라도 이번 컨소시엄이 중요했다.

그래서 자신보다 기술력도 좋고, 자금력도 좋은 혼타와 미쓰비 중공업을 이번 사업에 끌어들였다.

두 회사를 끌어들임으로써 일신그룹은 천하그룹과 경쟁을 할 수 있는 기반을 마련하였다.

거기에 자신들의 로비 실력을 갖춘다면 경쟁은 하나 마나였다.

그러니 초청한 혼타와 미쓰비 중공업에서 온 이들의 마음을 사로잡아야 할 필요가 있었다.

일본인들의 마음을 사로잡기 위해 일신에서는 무려 2억이나 주고 괴물급 참치를 구입해 대접하는 중이다.

그리고 그런 일신그룹의 예상대로 거대한 참치가 들어오자 일본인들의 반응은 대단했다.

사람들이 보는 앞에서 호텔 주방장이 직접 거대한 참치를 해체하기 시작했다.

부위 별로 나오는 참치 회를 즐기는 일본인들의 얼굴에는 행복한 미소가 어렸다.

◆　　　◆　　　◆

　"식사는 즐거우셨습니까?"

　이미 식당에서 일본인들의 표정을 다 봤으면서도 신원민 사장은 숙소로 올라와 물었다.

　"신 사장님, 오늘 저녁 정말로 좋았습니다."

　"잘 먹었습니다. 이렇게 맛있는 마구로는 처음입니다."

　마쓰모토와 오다 이치로 누가 먼저라고 할 것 없이 엄지를 치켜들며 칭찬했다.

　그런 두 사람의 반응에 신원민도 미소를 지었다.

　만족스런 식사 후라 그런지 다들 표정이 좋았다.

　신원민 사장은 분위기가 좋은 것을 보고 본격적으로 회의를 주도하기 시작하였다.

　이들이 일찍 저녁을 먹은 것은 천하그룹에서 그랬듯 이들도 컨소시엄을 구성하고 뛰어든 차세대 주력 전차 개발에 대한 육군의 성능 요구서에 대한 논의를 하기 위해서다.

　하지만 회의가 시작되자 조금 전 좋았던 분위기는 찬물을 끼얹은 듯 차가워졌다.

　"아니, 이게 말이 되는 소립니까?"

　가장 먼저 말을 꺼낸 것은 미쓰비 중공업의 마쓰모토 이사였다.

 그가 먼저 말을 한 것은 바로 미쓰비 중공업에서 담당해야 할 부분이 바로 전차 장갑과 전차포였기 때문이다.

 솔직히 1km에서 1,200mm이상의 방어력을 내려면 얼마나 두꺼운 장갑을 둘러야 할지 감당이 되지 않았기 때문이다.

 물론 방어 능력을 키우기 위해 장갑의 두께를 늘리면 되는 문제였다.

 하지만 그렇게 했다가는 다른 요구 사항을 맞출 수가 없었다.

 방어력을 높이기 위해 장갑의 두께를 두껍게 한다는 말은 다른 말로 전차의 중량을 늘린다는 말이었다.

 그렇게 되면 전차의 기동성이 떨어지게 된다.

 그래서 전차에는 이상적인 톤당 마력이란 것이 있다.

 이 톤당 마력이란 것은 기동성을 떨어뜨리지 않으면서도 최고의 방어력을 가질 수 있는 무게를 말하는 것으로, 현존하는 최고의 전차로 잘 알려진 독일의 레오파드2A7의 톤당 마력이 24.1마력이다.

 또 독일의 레오파드2A7과 함께 최고의 전차로 거론되는 미국의 M1A3도 톤당 마력은 24.5 정도였다.

 이렇듯 최고의 전차를 생산하는 선진국의 경우 대부분 이렇게 톤당 마력을 24~25로 맞춘다.

그래야 전차의 최대 장점인 화력과 기동성 그리고 장갑 방어력을 동시에 갖출 수 있기 때문이다.

물론 러시아의 전차들은 톤당 마력이 이보다 높다.

하지만 이건 러시아 전차들이 독일이나 미국의 전차보다 중량이 적게 나가기 때문에 발생하였다.

러시아 전차들은 중량이 적게 나가 톤당 마력이 27~28까지 나오는데, 대신 장갑 방어력이 약해 타격을 받았을 때 승조원의 안전을 장담할 수 없다.

그렇기에 대한민국 육군도 독일이나 미국처럼 화력과 기동성 그리고 장갑 방어력까지 갖춘 그런 전차를 요구하는 것이다.

그러면서도 최신 전차인 T—95의 화력에서 승조원들이 안전할 수 있는 엄청난 방어력을 요구하였다.

이러니 지금 미쓰비 중공업의 마쓰모토 이사가 흥분을 하는 중이다.

물론 마쓰모토 이사가 먼저 나섰기에 혼타의 오다 이치로 이사도 묵묵히 자리에 앉아 있는 것이지, 아마 마쓰모토 이사가 나서지 않았다면 아마 그가 나섰을 것이다.

그만큼 대한민국 육군이 요구한 성능은 터무니없었다.

"물론 저희도 육군이 너무 과도한 성능 요구를 하고 있다는 것을 알고 있습니다."

신원민 사장은 아직 육군이 요구한 성능이 어느 정도인지 감을 잡지 못하고 있지만, 흥분한 마쓰모토 이사의 모습에서 육군이 무리한 요구를 했다고 생각하며 그리 대답을 하였다.

"그렇지만 육군의 요구를 마냥 잘못되었다고 할 수도 없습니다. 군이 이렇게 요구한 것이 혹시 북한에 들어갔을지 모르는 러시아의 T—95 때문이라고 합니다."

화를 내는 마쓰모토 이사나 말은 하지 않지만 얼굴을 붉히고 있는 일본인들의 모습에서 신원민은 생각지도 않은 애국심이 발생하였는지 육군이 했던 말을 변명처럼 이들에게 하고 있었다.

사실 이 문제는 군 내부에서도 말이 많았던 사항이었다.

기동성 요구 사항을 충족하려면 전차의 중량을 늘리면 안 된다.

그렇다고 기동성을 위해 중량을 가볍게 해서는 T—95의 화력을 감당할 수가 없었다.

2km에서 1,150mm의 관통력을 보이는 T—95의 전차포에게 승조원을 보호하기 위해선, 보다 강력한 장갑 방어력이 필요했다.

그렇기에 무리하게 성능 요구서에 그러한 점을 집어넣은 것이다.

사실 2km에서 장갑 방어력 1,200㎜를 구현하는 것도 현재 가지고 있는 기술로 간신히 충족시킬 수 있었다.

그런데 그 절반의 거리에서 조건을 충족하라는 말은 적어도 장갑 방어력이 1,300㎜ 이상이 되어야 할 것이다.

그렇게 된다면 무게가 엄청 무거워질 것은 당연했다.

혼타의 오다 이치로 이사는 그것을 감안해 자신들이 개발해야 할 전차의 엔진에 대하여 생각을 해 보았다.

'음, 장갑 방어력을 생각하면 전차의 무게는 70톤 후반에서 80톤 정도 될 것이다. 그러면 톤당 마력을 24에 맞춘다고 계산하면…….'

자신들이 담당한 부분인 전차 엔진에 대하여 생각을 하던 오다 이치로는 고개를 흔들었다.

'불가능해!'

대한민국 군이 요구한 전차의 모든 조건을 감안하고 엔진을 개발한다면 최소 1,900마력 이상 되어야 했다.

이는 말 그대로 최소한의 조건이었다.

더욱이 전투 중량을 생각하면 최소 2,000마력은 되어야 한다는 소리였다.

아무리 자신이 근무하는 혼타가 강력한 엔진을 개발할 능력이 있다고 하지만 2,000마력 이상의 전차 엔진을 개발한다는 것은 결코 쉽지 않다.

일신, 혼타, 미쓰비 컨소시엄도 이렇게 천하그룹에서 했던 고민들을 하고 있었다.

그만큼 대한민국 육군이 요구하는 차세대 주력 전차의 성능은 쉽게 구현하기 어려운 것이었다.

2.
해법은 마법이다

차세대 주력 전차 개발 계획.

일명 XK—3개발 계획이라 명명된 대한민국의 차세대 전차의 요구 성능이 각국 군부에 알려지면서 비상한 관심을 보이기 시작하였다.

물론 일각에선 말도 되지 않는 무리한 계획이란 말도 있고, 또 일각에선 가능하다고 말하는 이들로 인해 양방의 공방전은 무척이나 치열했다.

공방을 벌이는 이들은 화력 측면에서는 이미 러시아의 T—95가 불가능하다고 선언했던 140㎜를 실현하였기에 넘어갈 문제고, 기동력과 방어력 측면에서 첨예하게 대립을 하고 있었다.

하지만 가능하다고 주장하는 이들의 주장을 살펴보면 기술이 발전하면서 장갑 소재의 발전을 들었다.

레오파드2A7이나 미국의 M1A3에 들어가는 장갑이 2km에서 1,000~1,100㎜의 장갑 방어력을 가지고 있음을 증명했다.

그런데 이 두 전차에 들어간 전차 장갑이 개발된 지도 벌써 10년이나 지났다.

그러니 현재 발전된 기술로는 충분히 1,200㎜ 이상의 방어력을 가진 신소재가 개발되었을 것이란 주장이다.

하지만 이들의 주장을 반박하는 이들의 입장에서는 일부 그들의 주장을 인정하면서도 대한민국 육군이 내세운 교전거리 1km를 들어 그들의 주장을 반박했다.

교전 거리 2km가 아니라 1km에서 1,200㎜의 관통력을 가진 전차포를 막아야 한다는 것을 꼽으며 불가능하다고 주장했다.

아무리 장갑 성능이 발전을 했어도 기술력이 부족하다는 얘기였다.

현대전에서 전차포의 성능과 장갑 방어력의 경쟁에서 전차포가 조금 더 우세하다는 학자들의 주장을 근거로 육군이 요구한 XK—3의 요구는 불가능하다는 주장을 펼쳤다.

더욱이 기동력에서도 다른 것을 차치하고 0~34km를 하는데 4초를 요구한 것도 전차의 방어력과 결부하여 불가능하다고 주장을 하였다.

이런 이유로 개발사에 요구한 XK—3의 성능 요구는 불가능하다는 주장에 힘이 실렸다.

확실히 처음 국방부에서 XK—3개발을 발표하고 벌써 2년이 지나면서 많은 방위 산업체들이 XK—3의 개발 사업에 참여를 철회하였다.

전차 방어력을 충족하기 위해선 전차의 중량이 최소 80톤은 나가야 한다는 계산이 나왔다.

하지만 이런 과한 중량은 결과적으로 전차의 생존에 발목을 잡는다.

2차 대전에는 전차가 전장에 등장한 지 얼마 되지 않는 시기라 다양한 중량의 전차들이 등장하였다.

20톤 미만의 경전차에서 160톤에 이르는 엄청난 무게의 슈퍼헤비급 전차까지 다양한 전차들이 등장을 하였다.

뿐만 아니라 그 시기가 전차가 가장 급격히 발전한 시기이기도 했다.

1916년 1차 대전에 보병들을 지원하여 적 참호를 무력화시키기 위해 나왔던 전차는, 속도는 물론, 화력도 지금의 전차와는 비교가 되지 않는 물건이었다.

하지만 그 후 전차의 각국은 전차의 효용성을 깨닫고 갖은 노력을 기울여 자국에 맞는 전차를 개발하였다.

당시 전차는 지금의 전차와는 그 개념이 달랐는데, 참호를 파고 지루한 참호전을 하던 당시의 육군은 적진지에 구축된 참호를 보다 효율적으로 넘기 위해 두터운 장갑을 가진 무기가 필요하였다.

그래서 군함을 육상에서 운용하는 것을 생각해 내었다.

당시 자동차의 엔진은 그리 강력하지 못해 처음 전장에 등장한 전차는 시속 4마일로 10㎞가 조금 넘어가는 정도였다.

그러던 것이 15년이 지난 2차 대전에서는 시속 30㎞가 넘어가는 전차가 나오게 되었다.

뿐만 아니라 다양한 화포와 함께 크기도 다양하고, 무게도 다른 많은 종류의 전차들이 생산되었다.

어떻게 보면 과도기전 실험 기체들이 다양하게 나온 것일 수도 있지만, 전차의 주포가 구경이 커지면서 강력한 파괴력을 과시하자 이에 맞서기 위해 전차의 장갑도 두꺼워지고 중량이 늘어갔다.

그리고 중량이 늘어가면서 기동성을 확보하기 위해 엔진의 성능도 향상이 될 수밖에 없었다.

그러면서 각국은 이렇게 엔진의 성능과 다양한 무게 그리고 화포의 성능까지 실전을 통해 최적의 전차를 만들었다.

방어를 위해 장갑만 두텁게 한다고 살아남는 것이 아님을 실전에서 알게 되었기에 화력, 방어력 그리고 기동성까지 모든 것의 밸런스를 맞췄다.

하지만 러시아가 최근 개발해 실전에 배치한 T—95의 140㎜ 주포 앞에서는 무용지물이 되었다.

그렇기에 독일이나 미국의 경우 만약 교전을 하게 된다 가정해서 전투 교리를 절대로 2.5㎞를 유기하게 만들었다.

레오파드2A7이나 M1A3같은 경우 아무리 단단한 전면 장갑이라 하여도 1,100㎜의 방어력을 가지고 있는데 반해 T—95의 주포의 관통력은 2㎞에서 1,200㎜.

사실 2.5㎞라 해도 안심할 수는 없는 거리였다.

그러니 독일과 미국의 군에서는 최소한의 안전을 위해 최악을 가정하여 교전 거리를 정한 것이다.

하지만 대한민국은 북한이 러시아의 최신예 주력 전차인 T—95를 보유했다는 것을 가정하고, 한반도의 지형을 감안해 교전거리를 2.5㎞를 유지하기란 힘들다는 생각에 이런 무리한 요구를 하게 되었다.

사실 한반도에서 전차 교전이 벌어졌을 때, 2㎞의 교전거리를 확보하는 것도 힘들다.

그런데 2.5㎞를 확보한다는 말은 말도 되지 않는 소리였다.

그래서 XK—3의 장갑 방어력을 그렇게 무리하게 요구하게 되었다.

◆　　　　◆　　　　◆

탁! 탁!

수한은 키보드를 두드리며 XK—3의 설계도를 살폈다.

컴퓨터를 이용해 3차원으로 설계된 XK—3의 모습은 무척이나 특이한 모습이었다.

어떻게 보면 XK—3의 최고 난적으로 생각하는 러시아의 T—95와 비슷한 모습과 비슷했다.

크고 두툼한 차체와 비교되는 둥글고 납작한 포탑을 가지고 있었다.

그런데 포탑은 납작한 접시 모양을 하면서도 또 특이하게 주포가 있는 부분에서는 쭉 뻗은 것이 전체적으로 물방울 모양을 하고 있었다.

긴 대롱에 매달린 물방울 말이다.

천하그룹은 XK—3개발을 위해 천하 디펜스의 전차 디자인팀뿐 아니라 그룹 내 직원 모두에게 공고를 하였다.

전차 디자인 공고를 하면서 당선되는 작품에는 엄청난 상금과 고가점수를 부여하겠다는 내용을 함께 넣었다.

그래서 그런지 많은 직원들이 XK—3의 디자인을 내었는데, 그중에 수한의 것이 채택이 되었다.

다양한 디자인들이 나왔지만, 육군이 요구하는 전차 성능을 감안한 디자인 중 수한의 것을 능가하는 것이 없었기 때문이다.

아무리 디자인이 획기적이고 멋있게 보인다고 해도 군의 요구에 맞지 않거나, 실현 불가능한 디자인이라면 채택할 수가 없었다.

수한이 XK—3의 디자인을 구상하면서 가장 중점으로 생각한 것은 역시나 관계자들이 불가능하다고 지적한 방어력 부문을 생각해 디자인 하였다.

일단 1,200㎜의 관통력을 가진 전차에게 피격이 되었을 때 승조원을 보호하기 위한 전차이기에 가장 위험한 부분인 전면장갑을 두텁게 디자인해야 했다.

이 부분에서 수한은 단순히 장갑을 두텁게 하기보다는 보다 효율적인 생각을 하였다.

그래서 생각해 낸 것이 이스라엘의 주력 전차인 메르카바 전차였다.

메르카바 전차는 이스라엘이 무수히 많은 전쟁을 통해 자체적으로 개발한 전차였다.

주변에 적들로 둘러싸인 이스라엘은 1970년 영국이 전차의 면허생산을 철회하자 급하게 전차를 개발하기에 이르렀다.

당시 이스라엘의 주변 중동국가들은 구소련의 최신전차인 T—62전차를 보유하고 있었던 반면, 이스라엘은 영국이나 미국제 구형 전차를 운용하고 있었다.

강력한 주변국의 전차에 비해 열세란 것을 알게 된 이스라엘은 중동국가들의 압력에 굴복해, 영국이 약속했던 치프틴(Chieftain) 전차의 면허생산을 취소하자 3차 중동전의 경험을 토대로 자국에 맞는 전차를 개발하기에 이르렀다.

실전을 경험으로 전차 승조원들의 조언을 토대로 개발된 전차가 바로 메르카바MK1이다.

기존의 전차와 다르게 메르카바MK1는 승조원의 생존을 극대화하기 위해 엔진룸을 뒤가 아닌 앞쪽으로 배치를 하였다.

두터운 전면장갑이 적 전차의 피격에 파괴가 되더라도 엔진을 희생함으로써 승조원들의 생존을 늘린다는 설계였다.

수한도 이런 메르카바 전차의 설계를 차용해 XK—3의 엔진룸을 메르카바 전차처럼 차체 앞에 설계를 하였다.

또 수한이 참조한 전차는 이스라엘의 메르카바 전차만이 아니라 러시아의 T—95의 디자인도 차용을 하였는데, 그것은 바로 피탄 면적을 최대한 줄이기 위해 T—95가 가진 무인포탑의 설계를 그대로 사용한 것이다.

이는 방어력을 위해 두터운 장갑을 설계하다 보니 전차의 중량이 급격하게 늘어나게 되었다.

이렇게 늘어난 차체 중량을 생각지 않고 포탑을 설계하게 된다면 또 다른 군의 요구 조건에 걸리게 된다.

시속 0~34㎞를 4초에 도달해야 하는데, 무게가 늘어나면 속도를 맞출 수가 없었다.

그렇게 된다면 근거리에서 발사되는 대전차 미사일을 피할 수 없었다.

물론 능동 방어 체계인 하드킬 기능을 이용해 막으면 되지 않느냐는 말을 할 수도 있지만 능동 방어 체계가 만능은 아니다.

어느 정도 회피 기동을 하여 시간을 만들어 줘야 날아오는 미사일을 보고 파괴할 수가 있는 것이다.

그러니 회피 기동을 할 수 있는 최소한의 조건인 4초를 지켜 줘야 한다.

사실 전차의 성능만 발전하는 것이 아니라 이를 파괴하기 위한 무기 또한 발전을 하고 있어서 기존에는 4~6초였던 것이 4초로 줄어든 것이다.

아무튼 수한은 이런 점을 감안해 포탑의 무게를 줄여야만 했다.

그래서 XK—3의 승조원들을 모두 차체 내부에 위치하게 하고, 포탑의 기능은 자동 장전 시스템을 이용하기 위한 포탄의 저장 공간으로 디자인하였다.

그러다 보니 요구하는 방어력을 가지면서도 최적의 전차 디자인이 완성이 되었다.

하지만 아직도 부족한 부분이 있었는데, 그것은 바로 최대한 중량을 줄인다고 하였지만, 아직도 전차의 중량이 무거웠다.

육군이 요구한 방어력은 최소 1,300㎜ 이상이어야 하기 때문이다.

전면장갑은 디자인의 변경으로 어느 정도 충족을 시켰지만, 아직 측면장갑과 후면장갑의 경우 요구 조건을 충족시키지 못했기 때문이다.

아무리 측면장갑이나 후면장갑이 전면장갑에 비해 방어력이 낮다고는 하지만 그래도 최소 요구가 1,150㎜와 1,100㎜였기 때문에 이것을 충족시키기 위해선 디자인을 변경하거나 아니면 전차의 전체적인 크기를 늘려야만 했다.

하지만 그렇게 된다면 이번에는 엔진 성능이 문제가 된다.

수한이 각고의 노력을 통해 무게를 최대한 줄이는 디자인을 했어도 설계한 전차의 중량이 75톤이나 되었기 때문이다.

무지막지한 방어력을 내기 위해선 어쩔 수 없는 희생이었다.

그렇지 않고 여느 전차들과 같은 디자인을 했다면 포탑의 무게로 인해 아마도 90톤이 넘거나 아니면 100톤에 이르는 초중전차가 되었을 것이다.

그렇게 된다면 XK—3는 전차로써는 성공적인 작품이 되겠지만, 한국 지형에서는 운용할 수 없는 전차가 될 것이 분명했다.

현재 디자인된 XK—3의 중량을 감안하여 개발한 엔진은 주력 전차가 가져야 하는 최소한의 톤당 마력을 유지하고 있다.

만약 여기서 전차의 중량이 늘어난다면 육군이 요구한 0~34㎞를 4초에 주파하는 것은 포기해야만 했다.

아니, 지금의 설계를 바탕으로 시뮬레이션을 한 결과 반응 속도가 6초를 가리켰다.

그 말은 엔진의 성능을 더욱 끌어 올려야 한다는 말이었다.

수한은 이렇게 설계도를 보며 최대한 무게를 줄이기 위해 불필요한 디자인은 없는지 꼼꼼히 살펴보았다.

하지만 아무리 모니터를 들여다보아도 더 이상 줄여야 할 곳을 찾을 수가 없었다.

"제길, 더 이상 줄일 곳도 없는데, 어떻게 하지?"

수한은 모니터를 들여다보다가 그렇게 소리쳤다.

정말이지 답이 보이지 않는 문제를 들여다보고 있는 듯 앞이 막막했다.

이런 느낌은 전생에 마법의 성장이 멈췄었던 5클래스에 머물며 암담하게 느껴지던 6클래스의 수식을 보았을 때보다 더 답답했다.

그때는 앞으로 나아가야 할 길이라도 보였다.

앞서 나간 선배들이 갈고닦아 놓은 6클래스의 길이 있었기에 믿고 묵묵히 나가면 되는 것이었다.

하지만 지금은 전혀 새로운 것 앞으로 가 본 적이 없는 길을 자신이 홀로 개척을 하면서 나가야 한다.

그러니 너무도 답답해 자신도 모르게 소리를 지른 것이다.

그런 수한의 행동에 누가 쳐다볼 수도 있는 일이지만 이곳 연구소에는 그런 사람은 아무도 없었다.

그도 그럴 것이 다른 연구원들도 모두 수한과 같은 처지였기 때문이다.

무기 개발에 관해서는 천재라 알려진 수한이 이럴진대 다른 연구원들은 오죽 하겠는가?

선박의 엔진도 아니고 2,000마력의 엔진이 필요하다고 하는데 이것을 어떻게 개발할 것인지 XK—3의 엔진을 개발하는 일을 담당하는 파트의 연구원들도 수한처럼 머리를 싸매는 것은 마찬가지였다.

천하 디펜스에서 XK—3를 개발하고 있는 팀 중 그나마 한가한 곳은 전차를 개발하고 있는 파트였다.

그렇지만 이들이라고 힘이 들지 않는 것은 아니었다.

비록 러시아가 140㎜ 전차포를 개발했다고 하지만, 사실 한국이나 전차포를 생산하는 나라들은 120㎜ 이상의 포가 필요 없다고 생각해 그동안 연구를 하지 않았다.

그런데 130㎜포를 개발해야 하는 입장에서 이 얼마나 막막하겠는가.

물론 천하그룹이 총력을 기울여 XK—3를 개발에 들어간 시간이 2년여의 시간이 흘렀다고 하지만 얼마나 개발이 진행이 되었겠는가.

아직도 설계에 그치고 있을 뿐이다.

다만 계속해서 최근의 기술을 접목해 설계에 반영하여 실험체를 생산해 성능 실험을 하고 있을 뿐이다.

실험 기체가 시뮬레이션에서 나왔던 성능도 내지 못하고 있어 문제가 많았다.

띠릭!

더 이상 진전이 없는 일을 가지고 계속 들여다본다고 해서 해결책이 보일 것도 아니기에 수한은 과감하게 컴퓨터의 전원을 내렸다.

물론 그동안 작업을 했던 것을 저장해 놓는 것은 잊지 않았다.

"먼저 퇴근하겠습니다."

천하디펜스의 연구소도 서울시스템의 연구소와 마찬가지로 연구원들을 마냥 붙잡고 있지 않았다.

이런 창의적인 연구를 하는 연구원들의 작업 효율을 위해서라면 출근과 퇴근 즉, 근무 시간을 선택해서 하게 두는 것이 더 능률적이다.

순간 번뜩이는 아이디어로 인해 막혔던 문제를 해결할 수도 있기 때문에 연구소에서는 수시로 연구원들이 쉴 수 있도록 가까운 곳에 여가 시설들을 마련해 두고 있었다.

천하 디펜스의 연구소를 나온 수한은 연구소를 나오기까지 3단계의 보안 시설을 통과해야만 했다.

지금 연구소에서 진행하고 있는 프로젝트가 비록 완성된 것은 아니지만 일부만 알려진다고 해도 엄청난 파장을 일으킬 것이 분명했다.

그리고 이곳 연구소에서는 XK—3의 개발뿐 아니라 다른 무기들의 연구도 하고 있기에 보안은 아주 중요했다.

사실 천하그룹이 총력을 기울여 XK—3의 개발을 하고 있지만 솔직히 이곳 연구소에서 XK—3개발부서가 차지하는 비중은 그리 크지 않았다.

그만큼 이곳 연구소가 천하 디펜스가 생산하는 모든 무기들을 연구하는 곳이다 보니 전차는 물론이고, 각종 미사일과 포탄 그리고 대한민국 군이 사용하고 있는 각종 항공 장비들의 개량을 위한 연구가 활발하게 진행이 되고 있다.

그러니 당연하게 보안은 철저할 수밖에 없다.

3단계의 보안을 통과한 수한이 밖으로 나오자 그의 앞에 검정색 세단이 다가와 섰다.

검정 승용차에서 나온 운전기사는 얼른 수한이 차에 탑승하기 편하게 문을 열어주었다.

"나오셨습니까?"

수한이 차에 오르기 편하게 차문을 열어 준 사람은 2년 전 인연을 맺은 탈북자인 김갑돌이었다.

그런데 북한 사투리가 심했던 2년 전과는 다르게 표준어를 사용하고 있었다.

그뿐만 아니라 외모 또한 많이 바뀌어 있었는데, 언뜻 봐서는 그가 탈북자였는지 알아볼 수 없을 정도로 세련되어 보였다.

아니, 세련된 정도가 아니라 40대 후반에서 50대로까지 보였던 모습이 2년 만에 20대 후반에서 30대 초반으로 보일 정도로 변해 있었다.

나이에 비해 늙어 보였던 김갑돌이 이렇게나 변하게 된 것은 수한을 만나 안정된 직장을 구하고 잘 먹은 것도 있지만,

이 안에는 많은 비밀이 있었다.

수한은 조은 제약을 인수하면서 회사명을 라이프 제약으로 변경을 하였다.

그리고 라이프 제약으로 회사명을 바꾸면 외상치료제의 제조식과 함께 주었던 바이탈리티 포션의 제조식도 함께 주었던 것이다.

바이탈리티 포션은 자양강장제라는 이름으로 둔갑했는데, 수한은 이것을 아직까지 외부에 시판을 하지 않았다.

물론 상품을 만들고 판매하지 않으면 손해이기에 100% 원액의 판매는 금지하는 대신 1/10으로 희석한 제품만 판매하도록 지시를 내렸다.

이 희석된 바이탈리티 포션은 그 효능 때문에 제품 이름인 활력 보다 액체 비아그라로 알려지며 불타나게 팔려 나가고 있었다.

이 말이 무슨 말인가 하면 바이탈리티 포션을 먹게 되면 몸의 세포가 활성화 되면서 기능이 떨어졌던 인체 장기들이 일시적으로 활력을 찾는다.

이때 떨어졌던 성기능 역시 활성화 되는데, 다른 발기부전 치료제와 다르게 지금까지 부작용이 발생했다는 보고가 없어, 부작용 없는 발기부전 치료제로 알려져 엄청난 판매고를 올리고 있었다.

그런데 김갑돌은 이런 희석된 바이탈리티 포션이 아닌 원액을 그대로 복용을 하였다.

그것도 한 번에 그친 것이 아니라 지금까지 한 달에 한 번씩 꾸준히 복용을 하고 있던 것이다.

이것은 수한의 지시로 그렇게 된 것인데, 이는 김갑돌 혼자만 그런 것이 아니라 김갑돌과 같이 수한의 밑으로 들어온 리철명 그리고 그가 선택한 20명의 북한군 특수부대 출신의 탈북자들도 김갑돌처럼 수한의 지시로 바이탈리티 포션을 장복하고 있었다.

수한은 이들을 자신의 친위세력으로 양성하여 자신뿐 아니라 자신의 가족과 주변 사람들을 지키기 위해 조직하였다.

이로 인해 북한군 특수부대 출신의 친위대들은 아주 특별한 능력을 가지게 되었다.

이들은 돌아가면서 수한과 가족들을 경호하고 있는데, 오늘은 김갑돌이 수한을 수행하는 날이었다.

"집으로 가지요."

수한은 차에 오르며 행선지를 말했다.

전에는 수한이 이렇게 다른 사람이 운전하는 차를 타지 않고 직접 자신이 운전해 출퇴근을 하였다.

하지만 모집했던 친위대가 정상 궤도에 오르자 각자 자리에 배치를 하고 자신도 이들과 동행을 하였다.

수한은 친위대가 없다고 해서 자신을 위협할 수 있는 존재가 있을 것이라고 생각지 않았다.

무술이 퇴보한 현재에 수한은 전승되는 원형 그대로의 무술을 배웠다.

거기에 지구에는 없는 마법을 그것도 전생에서도 이종족만 발을 들였던 7클래스 마스터에 8클래스 유저의 경지에 올랐다.

수한에게 마법은 최후의 순간 꺼낼 수 있는 비장의 수단이었다.

아무튼 이런 이유로 자신의 안전은 친위대가 없어도 충분히 안전을 보장할 수 있음에도 다른 가족들을 안심시키기 위해 친위대의 호위를 받아들였다.

보통 능력이 있는 사람들은 자신의 능력을 과신해 주변의 조언을 무시하는 경향이 있지만, 수한은 그렇지 않았다.

합리적인 이성을 가지고 있는 마법사 중에서도 최고의 마법사인 수한이다.

능력이 아깝기는 하지만 친위대가 곁에 있음으로써 하다못해 자신의 짐을 나눠 들 수도 있다 생각해 가족들의 조언을 받아들인 것이다.

수한이 차에 탑승하자 차는 부드럽게 출발을 하여 연구소를 빠져나갔다.

◈　　◈　　◈

차 안에서 생각에 잠겨 있던 수한은 달리던 차가 속도를 줄이자 고개를 들었다.

"앞에 무슨 일이지?"

앞을 보니 차들이 거북이걸음을 하고 있었는데 무슨 일인지 궁금해진 수한은 창문을 내리고 앞을 살펴보았다.

"위험하십니다."

운전을 하고 있던 김갑돌은 수한이 차의 창문을 열고 고개를 밖으로 내밀자 얼른 행동을 제지했다.

하지만 궁금증을 참을 수 없었던 수한은 김갑돌의 제지에도 전방을 살폈다.

그렇지만 사고 지점과는 거리가 있는지 전혀 보이지 않았다.

정체가 되던 차는 느리지만 통행은 되었다.

수한이 타고 있던 차도 사고 지점을 지나가면서 현장을 보게 되었다.

'아니?!'

사고현장을 보게 된 수한은 깜짝 놀랐다.

그곳에 자신이 알고 있는 사람이 길 가장자리에 주저앉아 있는 모습을 보게 된 것이다.

"잠시 차 좀 세우세요."

"무슨 일이십니까?"

수한이 달리는 차를 세우라고 지시를 하자 김갑돌은 무엇 때문에 그런지 물었다.

"제가 아는 사람입니다. 일단 병원에 데려가 치료를 해야 겠습니다."

사고를 당한 사람은 바로 파이브돌스의 멤버 예빈의 동생 인 수빈이었다.

2년 전 라이프 제약에서 생산한 외상치료제 광고를 찍고 콤플렉스였던 화상을 치료한 뒤 천하 엔터테인먼트와 계약을 하고 모델 겸 연기자로 활동하고 있는 수빈이었다.

광고 촬영 뒤 몇 번 만나기도 했지만 XK—3프로젝트를 진행이 바빠 그 후로는 보지 못했는데, 이런 곳에서 보게 될 줄은 상상도 못했다.

운전을 하던 김갑돌은 자신의 은인이자 고용주인 수한의 말에 얼른 차를 길 가장자리에 세웠다.

한편 자신이 타고 가던 차가 눈길에 미끄러져 사고가 나자 수빈은 급하게 전화를 하고 있었다.

"언니 미안한데, 난 좀 늦을 것 같아."

어딘가 급하게 가다가 사고가 난 것 때문인지 무척이나 미안한 표정으로 상대방에게 연신 사과를 하고 있었다.

"아니야. 그냥 앞 차가 갑자기 브레이크를 밟는 바람에 눈 길에 미끄러져 사고가 난 것뿐이야. 아니, 승빈 오빠가 안전 운전을 하고 있어서 다친 곳은 없어, 다만 차가 조금 망가졌 지만 다친 사람은 없어, 그래……."

수빈은 자신이 난 사고에 대하여 상대에게 자세히 설명을 하며, 안심을 시켰다.

자신이 교통사고가 났다는 말에 걱정을 하는 언니에게 정 말로 미안했다.

"너무 걱정하지 말고 승빈 오빠가 경찰에 연락했으니 조 서만 꾸미고 바로 갈게. 그래……."

사고가 났다는 소리에 엄청 걱정을 하는 언니를 안심 시켜 야 한다는 생각에 말을 하고 전화를 끊었다.

하지만 전화를 끊고 자신이 타고 왔던 차를 보니 마음이 심란했다.

언니를 안심시키기 위해 다친 사람이 없다고 말은 하였지 만, 말 그래도 다친 사람만 없을 뿐이다.

그녀가 타고 왔던 차는 갑자기 브레이크를 밟은 차를 피하 기 위해 급하게 브레이크를 밟는 바람에 눈길에 미끄러져 가 드레일을 들이받았다.

하지만 급하게 달리고 있었기에 브레이크가 제대로 작동을 하지 못하고 큰 충격으로 가드레일과 충돌을 하였다.

다행히 에어백이 작동을 하여 큰 부상을 입지는 않았지만 그래도 충격이 있었는지 몸이 뻐근했다.

하지만 차를 내려서 살펴본 수빈은 약속시간에 늦을 것 같다는 생각에 언니에게 전화를 걸어 사과를 한 것이다.

그사이 운전을 하던 매니저는 내려 경찰에 신고와 보험회사에 전화를 하였다.

물론 보험회사에 연락을 하기 전 회사에 전화를 한 것은 두말할 것도 없고 말이다.

수빈이 이렇게 통화를 마치고 망가진 차를 살펴보고 있을 때, 그녀를 부르는 소리가 있었다.

"수빈 누나!"

"누, 누구?"

갑자기 자신의 이름을 부르는 목소리에 수빈은 깜짝 놀랐다.

도로 한가운데서 자신의 이름을 알고 있는 사람을 만날 줄은 정말로 몰랐다.

자신이 비록 연예인을 하고 있다고 하지만 이곳은 사람들이 다니는 인도도 아니고 고속도로.

너무 놀라 살짝 물러나며 방어적인 모습을 취한 수빈은 겨울잠 이른 저녁 가로등 불빛만으로는 남자의 얼굴을 확인할 수가 없었다.

더욱이 연예인을 하면서 다른 연예인들과 교우관계가 그리 좋지 못해 친하게 지내는 남자 연예인들도 거의 없었다.

심지어 같은 소속사 남자 연예인도 수빈 자신과 친한 이들이 드물었다.

사실 어려서 화상으로 인해 또래 친구들에게 당한 것이 있어 많이 소심한 편이다.

2년 전 상처를 치료하고 많이 극복되기는 했지만 그래도 아직까지 그런 성향이 그녀에게 남아 있었다.

잔뜩 경계를 하며 다가오는 남자의 모습에 망가진 차 쪽으로 다가가며 남자를 쳐다보았다.

한편 수한은 수빈의 이름을 불렀는데, 대답이 없고 또 경계를 하는 수빈의 모습에 고소를 지었다.

'아, 날 못 알아보는구나!'

수한은 자신을 알아보지 못하는 수빈의 모습에 그녀에게 다가가던 걸음을 멈추고 자신의 정체를 밝혔다.

괜히 경계를 하는 그녀를 놀라게 할 필요는 없다는 생각에 그렇게 한 것이다.

"누나! 저 수한이에요, 정수한! 예빈 누나가 속해 있는 파이브돌스 리더 크리스탈 누나 동생이요."

수한은 혹시나 자신을 기억하지 못할지도 모른다는 생각에 자신의 누나인 수정의 이름까지 팔아 가며 자신의 정체를 밝혔다.

그런 수한의 정성이 통했는지 수빈이 경계를 하던 모습을 풀었다.

"어머!"

수빈은 수한이 자신의 정체를 말하자 그제야 가로등 불빛 사이로 보이는 수한의 모습이 눈에 들어왔다.

"오랜만이네요."

너무 오랜만에 본 수한이다 보니 수빈은 자신도 모르게 수한에게 존칭을 하였다.

하지만 그것이 그리 어색하게 들리지는 않았다.

수한에게는 알 수는 없지만 나이를 떠나 함부로 말을 놓을 수 없는 그런 카리스마가 있었다.

"누나, 정말 오랜만이에요. 그런데 뭘 그렇게 어색하게 말씀하세요."

수한은 자신을 보며 어색해하는 수빈의 모습에 편하게 말을 하라는 뜻으로 그렇게 말을 하였다.

"으, 응. 그래, 그렇게 할게. 그런데 정말로 오랜만이야. 무슨 일로 날 부른 거야?"

수빈은 고속도로에서 자신을 부른 수한을 고개를 갸웃거리며 물었다.

"사고가 난 것 같은데, 어디 다치신 곳은 없어요?"

평상시에는 이렇게 나이에 맞는 말투 보다는 조금 어른스러운 말투를 사용하던 수한이지만, 가족과 연관이 있는 이들을 볼 때면 자신도 모르게 나이에 맞는 말투가 나왔다.

하지만 수한 본인은 그런 것을 아직 인식하지 못하고 있었다.

그도 그럴 것이 평상시에는 나이 많은 연구원들과 생활을 하다 보니 어려운 말투를 사용했다.

같은 박사급의 대화, 아니, 나이가 많은 동료 박사들 중에서도 수한과 대화를 할 수 있는 수준의 사람이 없기에 오히려 그들이 수한의 지적 능력을 따라가지 못해 수한을 어려워하였다.

그러다 보니 수한도 그들과 대화를 할 때는 전생의 대마도사였을 당시의 말투가 나왔고, 그것을 연구원들은 당연하게 받아들였다.

그런데 이렇게 가족과 관련된 사람들과 있을 때면 또 달랐다.

마음이 편해서 그런지 아니면 본능적으로 자신이 환생한 것을 들키지 않기 위해서인지는 모르겠지만 수한은 가족과 관련된 주변 사람들과 대화를 할 때면 흔한 보통의 청년들처럼 나이에 맞는 말투를 사용했다.

"응, 난 괜찮아! 7시에 루나 언니 생일 파티에 참석을 하기로 약속을 했는데, 일이 늦게 끝나는 바람에 급하게 차를 몰다가 사고가 나고 말았어. 뭐 다행히 다치지는 않았지만, 보는 바와 같이 차가 망가져 루나 언니 생일 파티에는 갈 수 있을지 모르겠어!"

수빈은 이야기를 하다 말고 짜증이 난 것인지 망가진 차의 뒷바퀴를 걷어찼다.

"아야!"

짜증이 나 걷어차기는 했지만 그런다고 차가 아파하겠는가.

오히려 무생물인 차를 찬 그녀의 말이 아파할 뿐이다.

끼익!

수한과 수빈은 대화를 하던 도중 갑자기 들려오는 급브레이크를 밟는 소리에 소리가 들리는 곳으로 시선을 주었다.

승훈은 아침부터 기분이 좋았다.

오래전부터 좋아하던 여자와 오늘 저녁 데이트가 있었기 때문이다.

대학 4년을 사모했고, 또 군대 2년 동안 멀리서 바라만

보았다.

우연히 그녀에게 남자친구가 있다는 소리에 밤 세워 술을 마신 적도 있었다.

그렇게 혼자 짝사랑하던 여자를 졸업을 하고 사회생활을 하면서 잊고 있었다.

그런데 하늘은 그런 자신을 불쌍히 여겼는지 짝사랑하던 여인을 만나게 해 주었다.

우연히 만난 그녀는 졸업과 동시에 결혼을 했을 것이라 예상했던 그녀는 남자친구와 헤어지고 혼자였다.

그녀가 혼자란 것을 알게 된 뒤로 승훈은 그녀를 자신의 여자로 만들기 위해 많은 노력을 하였다.

그런 승훈의 노력에도 전 남자친구에게 큰 상처를 입은 그녀의 마음은 친구 그 이상을 허락하지 않았다.

하지만 지극 정성이면 하늘도 감동을 한다고 승훈의 노력이 결실을 보았는지 그녀가 데이트를 허락하였다.

퇴근길 하늘에서 내리는 눈이 마치 자신의 앞날을 축복해 주는 것만 같은 심정에 승훈은 마냥 기분이 좋았다.

"오! 베이비~"

카스테레오에서 흘러나오는 노래를 따라 부르며 가속 페달을 밟았다.

조금 뒤 만날 그녀를 생각하며 눈이 오는 날이면 평상시

속도보다 20% 감속을 해야 한다는 안전수칙도 잊고 속도를 냈다.

하지만 이런 승훈의 선택은 무척이나 잘못된 행동이었다.

자신을 축복해 주는 것이라 생각했던 눈은 어느새 곳곳에 빙판을 만들어 냈다.

그녀를 만나기 조금이라도 빨리 만나고 싶다는 생각에 눈길이라는 것도 생각지 않고 속도를 냈다.

"어! 어?"

한참 달리던 승훈은 뭔가 차에 이상이 느껴졌다.

오늘 데이트를 위해 차량 정비도 했는데, 뭐가 잘못되었는지 핸들이 떨렸다.

승훈이 그렇게 차에 이상을 느끼며 비명을 지르는 것과 동시에 그가 타고 있던 차가 차선을 이탈하고 있었다.

끼익!

승훈은 차에 이상이 느껴지자 급한 마음에 급브레이크를 잡았다.

차는 속도를 줄이는 것 보다는 눈길에 회전이 걸리며 미끄러졌다.

그런데 비명을 지르던 승훈의 눈에 들어오는 것이 있었다.

'피해!'

미끄러지는 차 밖으로 보이는 풍경이 승훈의 눈에 들어왔는데, 그의 눈에 비춰진 것은 점점 가까워지는 가드레일에 부딪힌 차 주변에 있는 남녀의 모습이었다.

너무 당황한 나머지 말도 못하고 점점 다가오는 풍경에 승훈은 정신이 멍해졌다.

그나마 다행인 것은 승훈이 미끄러지는 차의 핸들을 놓지 않았다는 것이다.

한편 요란한 소리를 내며 도로를 미끄러지며 다가오는 차의 모습에 수빈은 당황했다.

"악!"

자신도 모르게 수빈은 비명을 질렀다.

오랜만에 만난 수한으로 인해 조금 전 일어났던 사고의 충격을 극복하고 있었는데, 자신을 덮쳐 오는 차의 모습에 잠시 뒤 벌어질 사고에 대하여 공포를 느낀 것이다.

수빈이 자신에게 미끄러져 오는 자동차에 공포를 느끼며 비명을 지르자 수한은 얼른 수빈의 몸을 감싸며 손을 뻗었다.

"매직실드!"

수빈의 몸을 감싸 그녀를 자신의 품에 안아 보호하며 몸을 돌려 빠른 속도로 자신들 곁으로 미끄러져 다가오는 자동차에 손을 뻗으며 마법을 시전하였다.

수한은 그동안 웬만해선 마법을 사용하지 않았다.

이 세상에서 그를 위협할 만한 일이 없었기 때문이다.

아기일 때 납치를 당하고, 3년 전 캄보디아에서 탈북자들을 구출하기 위해 마법을 사용했던 때 외에는 그동안 마법을 사용하지 않았다.

그런데 지금은 어쩔 수 없었다.

자신이 마법을 사용할 수 있다는 비밀이 외부에 알려질 수도 있겠지만 자신이 알고 있는 사람의 생명이 달린 일에 마법을 사용하지 않으면 언제 사용할 것인가.

수한은 이런 생각에 자신과 수빈을 덮쳐 오는 자동차를 보며 마법을 사용하였다.

텅!

무섭게 미끄러져 오던 승훈의 자동차는 수한이 시전한 마법에 부딪혀 멈추었다.

크— 궁!

1차로 수한의 실드마법과 부딪힌 승훈의 차는 마법과 부딪히며 속도가 줄었고, 또 가드레일에 처박혀 있던 수빈의 사고 차량 뒷부분에 2차로 부딪히며 멈췄다.

삑! 삑! 삑! 삑!

사고가 났지만 가장 먼저 정신을 차린 것은 수한이었다.

아니, 수한은 처음부터 정신을 잃고 있던 것이 아니었지만, 어찌 되었든 가장 먼저 반응을 보였다.

수한은 사고 차량에 다가가 차문을 열어 운전자를 밖으로 꺼냈다.

사고 때문에 어떤 일이 벌어질지 모르기에 우선 운전자를 차에서 꺼낸 것이다.

승훈을 좌석에서 빼낸 수한은 잠시 안도의 숨을 쉬려고 하다 다급해진 표정으로 그를 부축했다.

"누나! 얼른 차에서 떨어져요."

수한은 승훈을 차에서 빼내고 안도의 숨을 쉬려다 차에서 새어 나온 기름 냄새를 맡았다.

아직까지 위험은 없었지만 차에서 나온 기름으로 어떤 사고가 일어날지 모르기에 경고를 한 것이다.

그러면서 아직까지 정신을 차리지 못한 승훈을 부축해 사고 지점에서 멀어졌다.

수빈도 경고를 하는 수한의 모습에 얼른 사고가 난 자신의 차 너머로 몸을 피했다.

한편 사고 수습을 위해 경찰과 이야기를 하고 있던 수빈의 매니저는 조금 전 요란한 소리에 고개를 돌리다 수빈을 덮쳐 오는 승용차를 보며 굳어 있었다.

다행히 수빈이 무사한 것을 보고 안도의 한숨을 쉬며 천천히 다가오다 급하게 들려오는 수한의 소리를 들었다.

그 경고 소리를 들은 매니저는 급히 다가와 사고가 난 차를 넘어오는 수빈의 몸을 받아 주었다.

수빈이 그렇게 무사히 사고 지점을 벗어나고 수한의 부축을 받으며 승훈까지 모두 사고 지점을 벗어난 지 얼마 지나지 않아 폭발소리가 들렸다.

펑! 화악!

눈길에 미끄러진 승훈의 차에서 새어 나온 기름에 불이 붙어 폭발을 한 것이다.

그리고 불타는 승훈의 차에 붙어 있던 수빈의 차도 금방 불이 옮겨 붙었다.

한순간에 차량 두 대가 불타는 것을 목격하게 된 경찰과 매니저 그리고 수한과 수빈 등은 혹시 2차 폭발이 있을지 몰라 조금 더 사고 지점에서 멀어졌다.

"괜찮습니까? 어디 불편한 곳은 없습니까?"

수한의 곁으로 다가온 경찰이 물었다.

그런 경찰의 질문에 수한은 고개를 끄덕였고, 수빈도 아무런 이상이 없음을 알렸다.

"괜찮아요."

"괜찮습니다. 그런데 여기 이분은 좀 살펴보셔야 할 것 같습니다."

수한은 부축을 해 안전한 곳으로 옮긴 승훈을 보며 경찰에게 말했다.

경찰도 조금 전 사고가 난 차에서 수한이 승훈을 구출하는 모습을 보았기에 얼른 무전을 날렸다.

다행이라면 사고가 나기 전 수빈의 매니저인 승빈의 신고로 구급차가 금방 당도했다는 것이다.

"오빠, 약속시간에 많이 늦은 것 같으니 오빠가 남아서 뒷수습 좀 해 줘!"

수빈은 경찰과 이야기를 하고 있는 매니저인 승빈에게 그렇게 이야기를 하였다.

"넌 어떻게 하고?"

자신에게 수습을 부탁하는 수빈을 보며 물었다.

"응, 난 여기 수한이 차 타고 루나 언니 생일파티에 바로 갈게!"

수빈이 낯선 남자와 차를 타고 가겠다는 말에 깜짝 놀란 승빈은 수빈이 말한 수한을 자세히 쳐다보았다.

사실 수빈의 매니저를 하고 있는 사람은 수빈의 사촌오빠였다.

대인관계가 원만하지 못한 수빈의 연예계 활동을 위해 사촌인 승빈이 매니저 역할을 하고 있었다.

"여긴 크리스탈 언니의 동생인 정수한이라고 해."

수빈은 사촌오빠가 무슨 생각을 하고 있는지 깨닫고 수한의 정체에 대하여 설명을 해 주었다.

그리고 그런 수빈의 이야기를 듣고 승빈은 수한이 누구인
지 생각해 냈다.

'아, 이 사람이 수빈이가 좋아한다는 그 천재구나!'

이미 사촌동생 예빈으로부터 수한에 대하여 이야기를 들었
기에 금방 정체를 알아챌 수 있었다.

"누나, 오늘이 루나 누나 생일이었어?"

XK—3프로젝트 때문에 그동안 연락을 하지 못했던 관계
로 오늘 루나의 생일이었다는 것도 알지 못했던 수한이 수빈
에게 물었다.

"응, 그런데 너, 너무 무심한 것 아니야? 그동안 연락도
한번 안 하고……."

수빈은 자신은 물론이고, 친누나가 있는 파이브돌스에게
도 연락 한번 안 한 수한에게 작은 푸념을 하였다.

"미안, 내가 맡은 일이 좀 극비를 요구하는 일이라……."

수한은 자신이 맡은 프로젝트를 생각하며 사과를 했다.

그런 수한의 말에 수빈도 수정에게서 들은 것이 있기에 더
이상 따지지 않았다.

"여긴 내가 처리할 테니 그럼 얼른 생일파티에 가 봐!"

승빈은 도로 한가운데에서 언제까지 있을 수는 없었기에
수빈에게 말을 하였다.

어차피 자신들의 사고처리는 끝난 상태이고, 뒤이어 일어

난 사고는 자신들의 잘못이 아니기에 자신만 남아서 조서를 꾸미면 끝날 일이었다.

더욱이 수빈은 동승자였기에 첫 사고와도 무관하였다.

"오빠, 그럼 부탁해! 경찰 아저씨, 저희는 가도 되죠?"

"아, 네. 그만 가 보셔도 됩니다. 참! 그쪽 분은 오늘 정말 용감한 일을 하셨습니다."

경찰은 허락을 하고는 수빈의 옆에 있는 수한에게 사고 차량에서 운전자를 구조한 것에 대하여 칭찬했다.

"아닙니다, 당연한 일입니다. 그럼 수고하십시오."

경찰의 말에 조금 전 사고 직전에 마법을 사용했던 것에 대하여 생각을 하고 있던 수한은 얼른 정신을 차리고 별일 아니란 듯 대답을 하였다.

"김 주임님! 우린 이만 가지요."

수한은 얼른 김갑돌을 불러 말을 하였다.

조금 전부터 수한의 곁에 다가와 있던 김갑돌은 수한의 말을 듣고 뛰어가 차에 시동을 걸었다.

그리고 수한과 수빈은 시동이 걸린 차에 올라 현장을 떠났다.

'그래, 마법을 접목하면 되는 일이었어! 내가 그동안 왜 마법을 생각하지 못했을까?'

수한은 수빈과 차에 오른 뒤 조금 전 마법을 사용해 미끄러지던 차를 막았던 것을 생각하며 그동안 자신이 XK—3의 방어력을 향상하기 위해 연구하던 것을 떠올렸다.

아무리 해도 해결책이 보이지 않던 것이 조금 전 마법을 사용함으로써 해결점이 보이기 시작했다.

수한은 자신이 마법을 너무도 등한시 했다는 생각을 하게 되었다.

그리고 그것을 반성하였다.

자신의 기반은 양할아버지인 혜원에게서 배웠던 무술도 아니고, 미국에서 배웠던 고등교육도 아니다.

전생에서부터 기억하고 있는 마법이 바로 수한의 가장 자신하는 힘이었다.

그런데 그동안 수한은 그런 마법을 잊고 있었다.

행복을 가져다주는 파랑새는 가까운 곳에 있다고 했던가.

수한을 2년 동안 고민에 빠지게 만들었던 문제가 자신이 알고 있는 마법을 사용하면 바로 해결될 문제란 것을 이제야 깨닫게 되자 조금은 허탈해졌다.

물론 마법을 사용하면 금방 해결될 문제이지만 마법을 XK—3에 바로 적용할 수는 없었다.

이곳 지구에는 전생의 이케아 대륙처럼 마법을 사용하게 해 줄 수 있는 마나석이 존재하지 않았기 때문이다.

아니, 마나석이 존재할 수도 있지만 아직 발견을 하지 못했다.

　지구에 마법을 사용할 수 있는 존재는 자신 혼자뿐이니 지구의 광석을 모두 찾아본 게 아니기에 확신은 하지 못했다.

　하지만 아직 발견되지 않았다는 것은 수한이 마법을 XK—3에 적용을 하기 위해선 따로 연구를 해야 할 문제였다.

3.
생일파티에서 생긴 일

카페 POISON은 평소와 다르게 무척이나 화려한 장식들이 실내에 걸렸다.

POISON은 영어로는 포이즌이라고 읽기도 하지만 이곳 카페는 프랑스 요리를 하는 곳이라 프랑스식으로 쁘아종이라고 간판 밑에 한글로 작게 적혀 있었다.

카페인 쁘아종이 이렇게 평소와 다른 장식을 한 이유는 오늘 생일을 맞은 파이브돌스의 멤버 루나의 생일파티를 위해 카페의 사장이 영업을 일찍 종료하고 생일 파티를 준비하고 일기에 이렇게 장식을 한 것이다.

사실 카페 사장이 파이브돌스의 열렬한 팬이었기에 가능한 일이었다.

카페 쁘아종은 강남에서도 유명하였다.

쁘아종에서 나오는 프랑스 요리와 커피가 연예인들은 물론
이고 유럽으로 유학을 갔다 온 유학생들에게도 인정받았기
때문이었다. 바로 정통 프랑스 요리를 맛볼 수 있는 몇 안
되는 곳으로 유명했던 것이다.

그러다 보니 하루 장사를 하지 않으면 손해를 보는 금액만
해도 상당한 것이었지만 카페 사장 본인이 좋아서 루나의 생
일파티를 자신의 카페에서 하려고 하는 것이니 상관없었다.

"응, 다친 곳은 없고?"

한참 생일파티가 진행이 되고 있어 시끄러운 카페에서 전
화를 받기 위해 잠시 조용한 자리로 피해 전화를 받는 예빈
이다.

그녀가 속한 그룹의 위상을 말해 주듯 전화를 받는 그녀의
곁을 지나가는 남녀 모두가 그녀에게 인사를 하며 지나갔다.

하지만 지금 예빈은 자신에게 인사를 하며 지나가는 사람
들의 인사를 받아 줄 여유가 없었다.

일이 늦게 끝나 출발한다는 동생의 전화를 받은 지 얼마
지나지 않아 다시 걸려 온 전화 내용이 좋지 않았기 때문이
다.

눈길에 미끄러져 사고가 났다는 말에 동생의 안부가 걱정
이 되었다.

"여긴 걱정하지 말고 병원 들러서 진찰받아."

한참 동생과 통화를 하고, 동생의 부탁대로 일단 오늘의 주인공인 루나를 찾아 사정을 이야기해야 할 것 같았다.

예빈이 통화를 마치고 카페 안으로 들어가자 가장 안쪽 사람이 몰린 곳에 루나가 사람들의 축하를 받으며 이야기를 하고 있었다.

"루나야, 잠시 이야기 좀 하자."

루나에게 다가간 예빈은 한참 주변 사람들과 이야기하는 루나를 불렀다.

생일 축하 인사를 받던 루나는 자신을 부르는 예빈의 모습에 주변에 양해를 구하여 그녀에게 다가갔다.

"잠시 실례할게요."

자신을 둘러싼 사람들을 헤치고 나온 루나는 한 손에 샴페인을 들고 예빈에게 다가갔다.

"언니 무슨 일인데?"

아직 생일파티가 시작된 지 얼마 되지 않았는데, 도대체 얼마나 마신 것인지 루나의 얼굴이 상당히 붉어져 있었다.

"너 파티 시작한 지 얼마나 됐다고 벌써 취한 거야?"

자신의 생일파티가 기쁜지 상당히 들떠 있는 루나는 자신을 축하해 주는 사람들이 권할 때마다 샴페인을 마셨다.

샴페인이 비록 알코올 도수가 약하다고는 하지만 그래도

술이다.

그것을 주는 대로 받아 마셨으니 취기가 오르지 않을 수가 없었다.

"아니야! 나 안 취했다."

루나는 나무라는 예빈에게 자신은 취하지 않았다고 항변을 하였다.

하지만 루나의 모습은 누가 봐도 취한 얼굴이었다.

"알았으니 조금 쉬어. 이제 시작인데 주인공이 이렇게 취한 모습을 보이면 안 되잖니?"

예빈은 루나를 살살 달래면서 그녀를 카페 직원 휴게실로 유도했다.

이곳도 오늘 파티를 위해 비워 두었는데, 파티 문화를 잘 알고 있는 카페 사장은 오늘 루나의 생일파티에 많은 연예인들이 올 것을 생각해 파티를 즐기면서 편하게 쉬었다 갈 수 있게 이렇게 휴게실도 따로 준비를 했다.

간단한 드링크도 준비가 되어 있어 편히 쉴 수 있어 좋았다.

휴게실로 들어온 예빈과 루나.

취한 루나를 휴게실 쇼파에 앉힌 예빈은 루나에게 정신이 들게 숙취 해소 음료를 하나 건넸다.

루나는 그런 예빈이 건넨 드링크를 마시고 정신을 차리려 하였다.

루나 자신도 너무 기분이 좋아 많이 마셨다는 것을 인지하고 있었다.

하지만 자신을 축하해 주는 사람들을 거절할 수 없어 받아 마신 것이 화근이었다.

"휴, 이제 살 것 같네! 아, 언니 아까 무슨 말 하려고 했지?"

숙취 해소 음료를 마시고 어느 정도 정신이 돌아오자 루나는 예빈이 무언가 이야기하려고 했던 것이 생각나 물었다.

그런 루나의 모습에 예빈도 그제야 정신이 돌아와 아까 수빈의 말을 전해 주었다.

"응, 조금 전 수빈이에게서 연락이 왔는데……."

루나는 수빈이란 말에 고개를 들어 물었다.

"아니, 이것이 언니 생일에 늦는단 말이야?"

조금 장난기 섞인 말이지만 친한 수빈이 아직 자신의 생일 파티에 나타나지 않은 것에 약간 실망했다.

그런 루나의 모습에 예빈은 수빈이 파티에 오다가 사고가 났음을 알렸다.

"그게 일이 늦게 끝나 급하게 오다 사고가 나서 좀 늦는다고 하더라."

"뭐?!"

루나는 수빈이 사고가 나서 아직 못 왔다는 말에 깜짝 놀랐다.

자신은 그저 일 때문에 늦는 것에 작은 투정을 한 것인데 설마 사고가 났을 줄은 꿈에도 생각지 못했다.

"언니 미안해! 그런데 수빈이 괜찮데? 많이 다치지 않았데?"

자신의 말에 갑자기 울 것 같은 표정으로 빠르게 말을 하는 루나의 모습에 놀랐다.

친언니인 자신보다 더 걱정을 하는 모습이었기 때문이다.

하지만 루나의 이런 표정도 어느 정도 이해가 갔다.

루나의 부모님이 얼마 전 교통사고로 세상을 떠났기 때문이다.

"응, 다친 곳은 없데. 앞 차가 급브레이크를 밟는 바람에 미끄러진 것뿐이라. 다친 곳은 없데."

수빈이 다친 곳이 없다는 예빈의 말에 불안했던 표정이 조금은 풀렸다.

루나는 수빈이 자신의 생일파티에 참석하기 위해 오다 사고가 났다는 말을 듣자마자 자신의 부모님이 사고로 돌아가셨던 일이 겹쳐지면서 자신의 잘못인 것 같은 생각이 들었다.

루나의 부모님이 사고를 당하신 것도 작년 이맘때 방송에서 파이브돌스가 상을 타 그것을 축하해 주는 파티가 열리는 곳에 참석을 하다 사고가 발생을 하여 돌아가신 것이기 때문이다.

예빈도 그러한 루나의 사정을 알기에 조금 전 불안한 모습을 보인 것을 걱정했다.

루나가 그 사고로 인해 한동안 정신을 차리지 못하고 상담을 받으러 다녔기에 최대한 충격을 받지 않게 말을 한 것이다.

뚜루, 뚜뚜! 뚜루, 뚜뚜!

불안에 떨고 있는 루나를 달래고 있는데, 갑자기 어디선가 전화벨 소리가 들려왔다.

자신들의 지난 타이틀곡의 멜로디가 들리자 얼른 전화기를 들었다.

"여보세요? 수빈아 검사는 잘 받았어? 의사 선생님은 뭐라고 하셔?"

전화를 받은 예빈은 전화기 액정에 수빈의 이름이 뜨자 얼른 물어보았다.

루나뿐 아니라 말은 하지 않지만, 예빈 또한 자신의 동생 수빈의 상태가 걱정이 되었다.

하지만 루나가 너무도 불안한 모습을 보였기에 그것을 표현하지 않았을 뿐이다.

"뭐? 어떻게 그런 일이 있을 수 있니? 응, 알았다."

"언니, 수빈이 전화야? 뭐래? 괜찮데? 응? 응? 말해 봐!"

전화를 받은 예빈은 동생에게서 온 전화를 확인하고 동생의 상태를 물었지만 수빈에게서 들려온 말은 별거 아니었다.

아니, 별거 아닌 것만은 아니었다.

수빈이 전한 마지막 말에 예빈은 머릿속이 하얗게 텅 비어 버렸다.

그런 예빈의 모습에 불안한지 루나가 계속해서 물었지만 예빈은 한동안 그렇게 멍하니 있었다.

"언니, 예빈 언니! 정신 차려 봐!"

"으, 응. 아 미안. 방금 전에 뭐라고 했지?"

예빈은 계속되는 루나의 보챔에 정신을 차리고 다시 물었다.

그런 예빈의 모습에 루나는 수빈이 전화로 무슨 말을 했는지 물었다.

"방금 수빈이 전화지?"

"응."

"수빈이 뭐래? 괜찮데?"

루나는 계속해서 수빈의 몸 상태를 물었다.

그런 루나의 물음에 예빈은 잠시 루나를 쳐다보다 한숨을 쉬며 말했다.

"휴…… 이것아. 수빈인 내 동생이지 네 동생이냐? 수빈이 걱정하는 만큼 이 언니들이나 좀 걱정해 봐라!"

루나의 모습에 괜히 심술이 난 예빈은 그렇게 삐진 척 루나를 흘겼다.

"아이, 언니! 내가 언니들 좋아하는 것 잘 알면서. 어서 말해 봐, 수빈이 뭐래?"

조금 전 불안해하던 모습은 온데간데없고 예빈을 향해 애교를 부리며 물어 왔다.

그런 루나의 모습에 실소를 하고 대답을 해 주었다.

"몸에 이상 없단다. 참! 그리고 지금 여기 오는 중인데, 아주 중요한 손님 모시고 온다니 준비 단단히 하라고 하던데?"

"중요한 손님? 누구?"

수빈이 손님을 데려온다고 했다는 말에 루나는 고개를 갸웃거렸다.

이제 겨우 연예계 2년차인 수빈이 중요한 손님을 생일파티에 데려온다고 하는 것인지 알 수가 없었기 때문이다.

더욱이 생일파티는 루나 본인의 생일파티인데 수빈이 데려온다는 손님도 자신이 알고 있는 사람일 터다. 중요한 손님이 누군지 정말 궁금했다.

루나는 너무나 궁금해 수빈이 데려온다는 중요한 손님에 관해 물어보았지만 예빈은 끝까지 알려 주지 않았다.

아무리 때를 써도 예빈이 들어주지 않자 루나는 짐짓 삐진 척도 해 보았지만 소용이 없었다.

그렇게 궁금증이 커져 갔지만 예빈은 그런 루나를 피하며 루나를 애태우게 하였다.

얼마의 시간이 흘렀을까.

한창 파티가 무르익고 있을 때 카페의 문이 열리며 사람들이 들어왔다.

얼추 시간이 흘렀기에 더 이상 손님이 오지 않을 것으로 생각했던 시간에 카페의 문이 열리자 사람들의 시선이 몰렸다.

"루나 언니! 생일 축하해요."

안으로 들어서던 수빈이 루나에게 다가가 껴안으며 무척이나 반갑게 축하 인사를 하였다.

"고마워!"

"이것아! 네 친언니는 난데, 어떻게 루나를 먼저 찾니? 아까 루나도 그렇더니…… 니들 혹시……."

예빈이 친언니인 자신보다 루나를 먼저 찾는 동생을 향해 위험 수위의 발언을 하였다.

그런 예빈의 말에 수빈과 루나는 어이없다는 표정으로 쳐다보며 한마디 하였다.

"언니! 우린 정상이거든? 우리 좋아하는 사람 있어!"

루나와 수빈은 누가 먼저라고 할 것도 없이 동시에 선전포고를 하듯 소리쳤다.

그런 두 사람의 모습이 더욱 신기해 주변에 있던 사람들의 시선이 집중되었다.

"루나 누나! 생일 축하해요. 너무 늦게 알아서 선물은 준비하지 못했어요. 참! 그런데 좋아한다는 사람이 누구예요? 전에는 나만 좋다고 하더니……."

수빈을 내려 주고 주변 상가를 뒤져 뒤늦게 알게 된 루나의 생일 선물을 준비하려고 하였다.

하지만 너무 늦은 시각이라 그런지 루나에게 어울릴 만한 선물이 보이지 않았다.

하는 수 없이 선물은 다음에 주기로 하고 생일파티를 하고 있는 카페로 들어갔다.

마침 루나와 수빈이 좋아하는 사람이 있다고 예빈에게 떠들고 있던 타이밍이라 수한이 이야기 속으로 껴들었다.

한편 갑자기 생각지 못했던 수한의 출연에 루나는 무척 당황했다.

"어? 너…… 네가 여기 어쩐 일이야?"

루나는 수한에게서 시선을 떼지 못하고 그렇게 물었다.

"수빈 누나가 아까 전화 하던데, 못 들었어?"

수한은 고개를 갸웃거리며 말했다.

차를 타고 오면서 수빈이 예빈에게 전화하는 것을 옆에서 들었기 때문에 물어보았다.

수한의 이야기를 들은 루나는 문득 이상한 생각이 들었다.

조금 전 예빈에게서 수빈이 중요한 손님을 데려온다는 이야기를 들었다.

그런데 정작 들어온 것은 수빈 혼자뿐이었다.

'그러면 조금 전 수빈이 함께 온다는 중요한 손님이 수한이었던 거야?'

루나가 이렇게 자신이 한 말 때문에 공황상태에 빠져 있을 때, 파티장 한쪽에서 일단의 여인들이 다가왔다.

"어머! 수한이도 왔네?!"

"수한아 오랜만이야!"

"누나들 안녕하셨어요."

한쪽에서 파티를 즐기고 있던 레이나와 미나 그리고 수정이 다가와 수한에게 인사를 하였다.

수한도 그런 누나들에게 인사를 하였다.

"요즘 일이 바쁘다면서?"

"예, 좀 일이 풀리지 않아서 좀 그래요."

서로 근황을 이야기하며 간단한 인사를 주고받았다.

"수정아! 너도 오랜만에 본 동생하고 이야기 좀 해!"

미나는 뒤에서 조용히 있는 수정을 보며 말을 걸었다.

파이브돌스가 한자리에 있으니 자신의 누나도 있을 것이라 생각한 수한은 조용히 누나에게 다가갔다.

그동안 일이 풀리지 않아 연락을 하지 않은 것 때문에 삐진 듯 보였다.

그런데 조금 전 미끄러지는 자동차가 자신들을 덮칠 때 마법을 사용해 막아 내며 그동안 자신을 고민에 빠지게 했던 문제의 실마리를 찾아낸 지금, 기분이 너무도 좋은 수한은 입가에 미소를 지으며 누나에게 다가갔다.

"누나! 그동안 잘 있었어?"

"흥, 너 그동안 연락도 안 하고……."

잔뜩 화가 난 듯한 수정의 말투에 수한은 그저 자신이 잘못한 것이 있어서 미소만 지었다.

한편 그런 수한의 모습이나 파이브돌스의 당황하는 모습에 루나의 생일을 축하하기 위해 모였던 사람들은 신기하게 쳐다보았다.

요즘 새로운 여자 아이돌들이 많이 쏟아지고 또 인기도 얻고 있지만 그래도 아직 지명도에서 파이브돌스를 능가하는 아이돌은 없었다.

파이브돌스가 연예계에 데뷔를 하고 정상에서 활동한 지

벌써 7년이나 되었다.

그동안 파이브돌스에는 갖가지 소문이 있었는데, 그중에 가장 대세는 파이브돌스가 동성애자란 소문이었다.

물론 중간에 스캔들이 한 번 있기는 했지만 가족이란 것이 알려지면서 흐지부지 되었다.

아무튼 정상에서 한 번도 내려온 적도 없고 또 이렇다 할 스캔들도 없었던 파이브돌스 멤버들이 낯모르는 사내의 등장과, 관심을 보이며 모이는 모습에 사람들도 관심을 보였다.

물론 이 안에 있는 사람들 중 수한의 정체를 알고 있는 사람도 있었다.

루나의 생일파티에 참석하는 인원 중 가장 많은 것이 바로 파이브돌스와 같은 소속사에 있는 연예인들이라 수한이 천하 엔터를 찾았을 때 한두 번 얼굴을 본 적이 있기 때문이다.

그렇지만 수한의 정체를 알지 못하는 사람들은 수한의 정체가 무엇이기에 파이브돌스 멤버들과 스스럼없이 이야기를 주고받는 것인지 정체를 궁금해했다.

수한이 삐진 누나를 풀어 주고 있을 때, 루나는 수한과 함께 등장한 수빈을 붙잡고 어떻게 된 일인지 물었다.

"그런데 수빈이 너 어떻게 수한이랑 함께 온 거야?"

조금 전 샴페인을 너무 마셔 취기가 오른 모습은 어디 가고 눈을 초롱초롱 밝히며 수빈을 뚫어져라 쳐다보았다.

그리고 그런 루나의 곁에는 말은 하지 않았지만 수한에게 관심이 있는 예빈도 자신의 동생을 조용히 쳐다보고 있었다.

◆　　　◆　　　◆

쿵쿵, 쾅쾅!

흥겨운 음악소리가 들리고 현란하게 깜빡이는 사이킥 조명 아래 젊은 남녀가 어울려 춤을 추고 있었다.

루나의 생일파티는 쁘아종에서 1차를 하고 가까운 사람들만 따로 2차를 왔는데, 루나가 선택한 곳은 클럽이었다.

그간 방송을 하면서 쌓였던 스트레스를 풀자는 의미에서 모두 찬성을 하였다.

이 찬성하는 인원에는 수한의 누나인 수정도 한몫 하였다.

파이브돌스 중 가장 인기가 많은 것은 누가 뭐라고 해도 리더인 크리스탈이었다.

그러다 보니 방송가에서 그녀를 노리는 늑대들이 참으로 많았다.

그녀의 미모면 미모, 지성이면 지성, 더욱이 그녀의 배경이 바로 대한민국 상위 1%에 속하는 대기업의 직계가 아닌가.

그러니 젊은 남자 연예인들은 물론이고 각계각층에서 그녀에게 관심을 보이는 남자들로 인해 편할 날이 없었다.

그러니 오늘같이 매니저도 없는 날 화끈하게 놀아야 한다는 멤버들의 말에 적극 동조하며 집에 가 쉬겠다는 수한을 억지로 끌고 클럽에 온 것이다.

그리고 클럽에 억지로 들어온 수한은 정말이지 생전 처음 접하는 클럽의 분위기에 문화적 충격을 느꼈다.

수한이 미국에 유학을 갔다 오기는 했지만 미국의 클럽이나 파티를 즐겼던 것은 아니다.

그러다 보니 누나들을 따라 클럽에 와 어두운 조명 아래에서 마치 마약을 복용한 중독자 마냥 남녀가 음악에 맞춰 의미를 알 수 없는 몸짓을 하는 것에 충격을 받았다.

전생과 현생을 통해 단 한 번도 목격한 적이 없던 것을 본 탓인지 수한은 한동안 자리에 굳어 움직이지 못했다.

하지만 그것도 잠시 이런 모든 게 그저 유흥이란 것, 스트레스를 푸는 한 가지 방편이란 것을 알게 되자 조금은 편해졌다.

사실 환생을 하여 나이는 젊을지 모르지만 정신적으로는 양할아버지인 혜원보다도 구닥다리인 수한이다.

전생에 대마도사의 경지까지 올랐고, 죽기 직전 위자드에 오를 수 있는 깨달음을 얻었던 수한이다.

그런 수한이 클럽처럼 소란스러운 곳이 편할 리는 없었다.

하지만 이것도 사람이 살아가는 삶의 한 방편이란 것을 깨닫자 소란스럽게 들리던 음악도 이제는 산사에 울리는 범음(梵音)소리처럼 들렸다.

'일체유심조(一切唯心造)라고 했던가? 모든 것은 마음에서 일어나는 것을……'

수한은 정말이지 생각지도 못한 곳에서 작은 깨달음을 얻었다.

물론 이 깨달음을 얻었다고 현재 8클래스에 머물고 있는 경지가 9클래스로 올라가는 것은 아니다.

이런 작은 깨달음이 쌓이고 쌓여 클래스를 완성하고, 또 위 클래스의 벽을 허무는 것이다.

수한이 이렇게 요란하고 현란한 클럽 안에서 깨달음을 얻고 있을 때 조용히 앉아 있는 수한의 곁으로 다가오는 그림자가 있었다.

"여기서 혼자 뭐해?"

수한의 곁으로 다가온 사람은 오늘의 주인공인 루나였다.

루나는 수한이 프로젝트에 들어가면서 무려 2년여를 만나지 못했다.

이전에는 수정을 따라 가끔 만나 차를 마시기도 하고 또 이야기를 나누기도 하였다.

비록 자신보다 어린 남자였지만, 수한과 이야기를 하다 보면 오히려 수한이 오빠 같고 또 아빠 같은 느낌을 받을 때가 한두 번이 아니었다.

그러다 보니 루나는 수한에게 더욱 기대게 되었다.

처음 수한을 봤을 때만 해도 그저 외모적으로 자신의 이상형에 가장 근접한 남자였기에 연하란 것을 알면서도 호감을 보였다.

그런데 계속해서 만남을 갖다 보니 어느새 수한에게서 남자를 느끼게 되었다.

의지할 수 있고, 또 자신을 보호해 줄 수 있을 것 같은 남자 말이다.

수한이 그룹의 리더인 크리스탈의 동생이라서가 아닌, 또 대그룹인 천하그룹 회장의 손자라는 배경을 본 것도 아니었다.

그저 정수한이란 한 명의 남자로서 의지가 되는 사람이었다.

연예계란 곳이 겉으로 보기에 화려해 보이지만 그 수면 아래는 얼마나 지저분하고 삭막한지 그곳에 종사하는 사람이 아니고는 알지 못한다.

아니, 어느 정도 소문이 퍼져 짐작을 하고 있는 사람들도 있기는 하지만 그것은 빙산의 일각일 뿐이다.

아무리 자신이 소속된 천하 엔터가 대그룹 계열사라고 하지만, 알게 모르게 견제와 시기를 받았다.

천하 엔터 말고도 대한민국에 대기업 계열로 엔터테인먼트 사업에 뛰어든 기획사도 몇 있었다. 또 대기업 계열사는 아니지만 방송가에 뿌리 깊게 자리 잡은 중견 기획사들도 모두 천하그룹에 칼을 갈고 있는 이들이다.

비록 파이브돌스가 최고의 위치에 있지만 언제 어느 때라도 틈이 보이면 비집고 들어가 그 자리에서 밀어내고, 차지하기 위해 호시탐탐 기회를 노리는 승냥이마냥 노리고 있다.

그러한 압박을 견디고 정상에 서서 올라오려는 이들을 견제하고, 그들의 소속사의 음모에도 의연하게 견뎌야 한다.

그 때문에 별처럼 아름답게 반짝이는 스타들이 정상에 오르고도 오래도록 밝게 빛나지 못 한 채 사그라지는 것을 많이 보았다.

그중에는 천하 엔터에 소속된 동료나 선배도 있었고, 아니면 다른 기획사에 소속된 스타도 있었다.

막말로 파이브돌스가 대한민국 아이돌 중 탑의 자리에 오르자 왕좌에서 밀려난 그룹이 있었다.

대한민국은 물론이고, 아시아를 평정하고 세계로 뻗어 나가려던 그룹이었지만 파이브돌스가 돌풍을 일으키며 대한민국 정상에 등극하면서 그들은 잊혀진 존재로 전락하였다.

물론 정상적인 그룹이었다면 그럴 일이 없었을 것이지만, 그 그룹은 전형적인 기획사의 스타 만들기 코스를 답습했다.

그 말이 무슨 말인가 하면 초기 그룹의 이름을 알리기 위해 노이즈 마케팅을 시작으로, 방송가 고위인사나 재계의 고위인사에게 몸 로비를 하였다.

이런 사실이 뒤늦게 터지면서 대한민국을 넘어 아시아 정상을 찍고 세계 무대로 나가려던 문턱에서 추락하게 되었다.

그리고 그 자리는 한참 천하그룹에서 이미지 향상을 위해 회장의 손녀가 포함된 파이브돌스를 적극 뒷받침해 주던 시기와 맞물려 파이브돌스를 대한민국 정상에 오르게 하였다.

모든 일에 때가 있다고 했던가.

정상의 그룹이 주춤할 때 그 자리를 대체할 수 있는 저력을 가지고 있던 파이브돌스는 소속사는 물론이고, 모기업이 물심양면으로 밀어 주자 최고의 자리에 올라 그 빛을 세상에 알렸다.

이렇듯 정상에서 빛나던 별이 추락하고 또 다른 별이 그 자리를 대신하는 것이 바로 연예계.

자신의 자리를 지키는 것이나 더 높은 곳으로 올라가려는 예비 스타들의 경쟁은 말할 것 없이 힘들었다.

GREAT
그레이트 코리아
KOREA

그러한 스트레스를 수한을 알게 되면서 루나는 견딜 수 있었다.

그런데 장장 2년이나 그런 수한을 보지 못했으니 루나가 얼마나 답답하고 또 힘들었겠는가.

그나마 같은 그룹 내에서는 서로 위로하며 격려하는 사이라 참고 견딜 수 있었지, 다른 회사의 그룹들처럼 같은 그룹 내에서도 서로 시기하고 경쟁을 하는 관계였다면 아무리 긍정적이고 당찬 루나라고 해도 견디지 못했을 것이다.

아무튼 오랜만에 본 수한으로 인해 루나는 한없이 수한에게 위로를 받고 싶었다.

"너도 같이 즐기지 왜 이렇게 혼자 따로 있는 거야?"

루나는 빈 수한의 술잔에 테이블에 있던 술병을 들어 따르며 말하였다.

혼자 자작을 하고 있는 수한이 왠지 쓸쓸해 보였기 때문에 조금 더 다가가 앉으며 물었다.

"그냥 처음 오는 것이라 잘 모르겠네요."

수한은 지금 자신의 기분을 그대로 말했다.

루나의 질문에 어떻게 대답을 해 줘야 할지 모르기도 했지만 지금 한 말이 현재 수한의 심정이었다.

하지만 수한의 대답을 들은 루나는 수한의 말이 믿기지 않았다.

누가 봐도 수한은 킹카였다.

훤칠한 키에 잘생긴 얼굴, 그렇다고 옷을 못 입는 것도 아니다.

아니, 무척이나 자신의 몸에 맞게 옷을 갖추는 사람이다.

그런데 한 번도 클럽에 와 본 적이 없다는 수한의 말에 놀랐다.

"그게 정말이야? 한 번도 이런 곳에 와 본 적이 없다는 것이……."

도저히 수한의 말이 믿기지 않아 다시 한 번 물어보았다.

다른 사람들은 스테이지에서 열심히 그동안의 스트레스를 해소하기 위해 춤에 열중하고 있을 때 루나는 수한의 곁에서 그동안 밀렸던 이야기를 하였다.

지금 루나는 오늘 최고의 시간을 보내고 있었다.

멤버들과 팬들이 마련해 준 생일 파티도 즐거웠지만 지금 이렇게 수한과 단둘이 이야기를 하고 있는 지금이 가장 행복했다.

그동안 힘들었던 연예계 일들이나 멤버들에게도 하지 못했던 고민들을 수한에게 털어놓음으로써 위로를 받고 힘을 얻었다.

수한이 어떤 위로와 힘이 되는 말을 하는 것은 아니었지만, 루나 본인이 그렇게 느꼈다.

"넌 요즘 어때? 하고 있는 프로젝트가 난항에 빠졌다고 하던데?"

자신의 이야기꺼리가 떨어지자 이제는 수한의 하는 일에 관심을 보이며 물었다.

"네, 조금 힘들기는 하지만 실마리가 보이고 있어요."

수한은 루나가 자신의 일에 관심을 보이자 가볍게 이야기를 하였다.

여자들에게 군대나 무기에 관한 이야기를 좋아하지 않는다는 이야기를 들었기에 자세한 이야기를 하기보다는 그저 어려운 문제를 해결할 실마리를 찾았다는 정도로 대답을 하였다.

하지만 수한에게 관심이 있는 루나는 조금 더 자세히 듣고 싶었다.

수한이 하는 일이 어떤 일인지 너무도 궁금했기 때문이다.

더욱이 어떤 일을 하기에 2년 동안 한 번도 만나러 오지도 않고, 친누나인 수정과도 손에 꼽을 정도만 통화를 했는지 정말로 궁금했다.

"전에 언니에게 듣기로는 탱크인가 뭔가를 만든다고 하던데, 맞아?"

루나는 일반 사람들이 전차를 1차 대전 당시 영국이 비밀 무기인 전차의 전선에 투입하는 작전을 숨기기 위해 물탱크를 운반한다고 퍼뜨린 것에서 유례 된 탱크라 부르며 물었다.

이런 루나의 관심에 수한은 뜻밖이었다.

보통 여자들은 이런 일에 관심이 없다고 알고 있던 것과 다르게 루나는 관심이 있는 듯해 수한으로서도 루나의 관심이 그리 싫지 않았다.

루나의 이런 모습에 수한의 마음도 살짝 열리는 듯했다.

그동안 루나를 보면서 그녀의 한결같은 모습에 마음을 열어 가고 있었다.

그런데 이렇게 자신의 하는 일에 관심을 보이는 루나의 모습이 수한의 마음을 흔들었다.

그런 마음이 품자 조금 전 루나의 질문에 조금 더 설명을 하기 시작했다.

물론 지금 하는 프로젝트가 보안을 요구하는 일이기는 하지만, 국방부에서 이미 기자회견을 통해 알렸기에 핵심 내용만 아니라면 알려도 상관은 없었다.

"그것이, 지금 하고 있는……."

수한의 이야기가 계속될수록 루나의 눈은 반짝이며 수한이 하는 이야기를 하나도 놓치지 않기 위해 집중을 하였다.

클럽의 분위기와 다르게 루나와 수한이 있는 자리는 너무도 진지했다.

그렇지만 다른 사람들은 느끼지 못할 행복을 루나는 그곳에서 느꼈다.

한편 한참 스트레스를 풀기 위해 스테이지에서 춤을 추던 수빈은 조금 쉬기 위해 스테이지를 내려오고 있었다.

"언니, 난 좀 쉬었다 올게."

"그래, 난 좀 더 놀다 갈게."

수빈은 언니인 예빈에게 쉬겠다는 말을 하고 스테이지를 내려와 테이블로 걸어갔다.

스테이지를 내려와 자리로 이동을 하는 수빈의 손목을 잡는 손길이 있었다.

"어머!"

느닷없는 손길에 깜짝 놀란 수빈은 자신도 모르게 비명을 질렀다.

"누, 누구세요?"

수빈은 모르는 남자가 자신의 손목을 잡고 끄는 것에 놀라 비명을 지르며 소리쳤다.

그런 수빈의 모습에 남자는 야릇한 미소를 지으며 말했다.

"예쁘게 생겼네! 연예인 되고 싶지 않아? 내가 마음만 먹으면 너를 스타로 만들어 줄 수 있어!"

남자의 입에서 나온 말은 참으로 엉뚱한 소리였다.

이미 데뷔를 한 지 2년이나 된 수빈이다.

더욱이 대한민국 최고의 아이돌 파이브돌스의 얼굴 마담인 예빈의 친동생으로 미녀 자매로 알려졌다.

그런 자신의 얼굴도 알아보지 못하고 스타로 만들어 주겠다는 감언이설을 늘어놓는 남자를 수빈은 혐오감이 가득한 눈으로 쳐다보며 말했다.

"저 그런 것 관심 없어요. 이 손 놓으세요."

차가운 말과 함께 수빈은 자신의 손목을 잡고 있는 남자의 손을 떼어 내기 위해 팔을 뿌리쳤다.

하지만 남자가 얼마나 단단히 그녀의 손목을 잡고 있는 것인지 수빈의 힘으로는 도저히 남자를 뿌리칠 수 없었다.

"이거 왜이래요."

수빈의 손목을 잡고 있던 남자는 수빈이 자신의 팔을 뿌리치려 하자 아귀에 힘을 줘 그녀가 빠져나가지 못하게 만들었다.

"뭘 그리 빼고 그래? 여자들 내숭은 잘 알고 있는데. 그러지 말고 오늘 내가 쏠 테니 같이 가자고."

남자는 수빈이 거부를 하고 있었지만 계속해서 수빈을 자신이 나온 룸으로 데려가기 위해 그녀를 억지로 끌었다.

"왜이래요!"

자꾸만 자신의 팔을 강제로 끌자 수빈이 소리를 쳤다.

하지만 그녀의 소리는 시끄러운 음악 소리에 묻혔다.

◈　　◈　　◈

　"언니들 안 힘들어요?"

　예빈은 춤을 추다 말고 자신의 옆에서 춤을 추던 언니들에게 말을 하였다.

　"그래, 오랜만에 흔들었더니 힘도 들고, 목도 탄다. 잠시 쉬자!"

　레이나는 예빈의 말에 정말로 오랜만에 클럽에 와서 마음껏 스트레스를 발산하자 기분이 너무도 좋았다.

　하지만 벌써 27살이란 나이는 속이지 못하는지, 아무리 안무 연습으로 단련이 되었다고 하지만 벌써 30분이나 스테이지에서 내려가지 않았더니 너무도 힘들었다.

　레이나의 말에 옆에 있던 미나나 수정도 말은 하지 않았지만, 그녀와 비슷한 표정으로 고개를 끄덕였다.

　스테이지를 내려와 자신들의 자리로 돌아온 그녀들은 자리에 앉아 술을 따라 마셨다.

　"루나야, 수빈이는 어디 갔어?"

　자신의 자리에 앉아 타는 목을 적시기 위해 술을 한잔 마신 예빈이 동생 수빈이 보이지 않자 루나에게 물었다.

　"언니들이랑 같이 있지 않았어?"

루나는 한창 수한과 이야기를 하다 예빈과 언니들이 자리에 오자 잠시 이야기를 중단했다.

그리고 예빈이 수빈의 행방을 물어 오자 고개를 갸웃거리며 오히려 물어 왔다.

"뭐? 수빈인 우리보다 먼저 쉬러 간다고 갔는데?!"

예빈은 루나의 말에 뭔가 잘못되었다는 것을 본능적으로 깨달았다.

수빈이 먼저 자리에 가겠다고 한 것이 10분도 전이었다.

그런데 아직 자리에 돌아오지 않았다는 말에 놀랐다.

"아니, 애가 어디 간 거야?!"

예빈이 사라진 동생 때문에 불안해하자 수한이 얼른 자리에서 일어나 자신이 찾아보겠다고 말을 하였다.

"누나, 내가 나가서 찾아볼 테니 너무 걱정하지 말아요."

자신이 찾아올 테니 걱정하지 말라는 말을 하고 자리를 떠난 수한의 뒷모습이 사람들 사이로 사라지자, 그때까지도 동생을 걱정하는 예빈을 달래기 위해 루나가 예빈의 곁에 다가와 그녀의 손을 잡아 주었다.

"언니, 너무 걱정하지 마. 수한이 찾아온다고 했으니 금방 찾을 수 있을 거야."

루나와 파이브돌스 멤버들이 불안해하는 예빈을 달래고 있을 때 수한은 어두운 클럽 안을 살폈다.

하지만 클럽 안에 수빈의 모습이 보이지 않자, 이번에는 실내 화장실 쪽으로 이동을 하여 살펴보았다.

물론 여자 화장실에 들어가지는 않고 안으로 들어가는 손님에게 부탁을 하여 안을 살폈다.

잘생긴 외모의 수한이 정중히 부탁을 하자 그 손님도 수한의 부탁을 흔쾌히 들어주었다.

하지만 화장실 안에도 수빈의 모습은 보이지 않았다.

그제야 수한은 뭔가 잘못되었다는 생각이 들었다.

다른 일행이 있는데 수빈이 말도 없이 클럽을 떠났을 것이란 생각이 들지 않았다.

더욱이 그녀의 소지품도 자리에 있는데 그런 것도 다 놔두고 그녀가 숙소로 말도 없이 돌아갔을 리가 없기 때문이다.

"혹시 11시쯤 저와 함께 들어왔던 여자분 보지 못했습니까? 파이브돌스 멤버들과 함께 들어왔는데……."

수한은 혹시나 싶은 마음에 클럽 입구에 있는 웨이터에게 물었다.

파이브돌스와 함께 들어온 일행이기에 분명 그들의 기억에 남아 있을 것이란 생각에 물었다.

역시나 수한의 짐작대로 대한민국 정상의 아이돌 파이브돌스의 일행은 웨이터들 사이에서도 입소문이 돌았다.

그녀들이 클럽을 찾은 것을 자신이 알고 있는 단골들에게 전화를 하였기에 지금 클럽 안은 평소보다 손님이 더 많았다.

이것도 가려 받아 그런 것이지 만약 입구에서 통제를 하지 않았다면 클럽은 콩나물시루가 되어 있을 것이다.

아무튼 웨이터들은 수한의 질문에 함께 온 일행 중 먼저 밖으로 나간 사람은 없다고 알려 주었다.

"감사합니다."

수한은 웨이터들의 이야기를 듣고 난 뒤 다시 클럽 안으로 들어왔다.

하지만 클럽 홀에는 수빈의 그림자도 보이지 않았기에, 혹시나 싶은 생각에 이층 룸이 있는 곳으로 향했다.

그런데 수한의 귀에 불안에 떠는 여성의 목소리가 들려왔다.

"왜이래요. 자꾸 이러시면 신고할 거예요."

없어진 수빈의 목소리가 분명했다.

사라진 수빈이 겁에 질린 목소리로 말을 하는 것을 똑똑히 들은 수한은 소리가 들린 곳으로 향했다.

하지만 수한은 수빈의 목소리가 들린 방 입구에서 목적을 이룰 수가 없었다.

"못 들어갑니다. 다른 곳으로 가십시오."

방 입구에는 귀에 리시버를 끼고 양복을 입은 남자 두 명이 수한이 방으로 들어가는 것을 막았다.

"안에 내 일행이 있는 것 같으니 일행만 데리고 가겠습니다."

자신을 막아선 경호원으로 보이는 남자들에게 수한은 자신의 용무만 보고 가겠다는 말을 하였다.

하지만 그들은 수한의 말을 들어주지 않았다.

안에서 어떤 일이 벌어지고 있는지 그들도 잘 알고 있었다.

하지만 이런 일이야 흔한 일이었다.

여성 편력이 상당한 자신들의 고용주는 오늘도 클럽에서 반반한 여자 한 명 데려와 룸에서 작업을 하고 있었다.

클럽에 놀러 온 여자들은 모두 그렇고 그런 여자들이란 생각을 하고 있었기에 오늘 안으로 들어간 여자도 결국에는 고용주가 던져 주는 돈에 넘어갈 것이라 보았다.

그러면서 눈앞에 있는 수한을 잠시 쳐다보던 그들은 속으로 수한을 불쌍하게 생각하였다.

방금 전 수한이 일행이라 했으니 아마도 여자의 애인으로 생각하는 듯 보였다.

자신을 막는 경호원들을 보며 인상을 찡그린 수한은 경호원들이 반응도 하지 못할 속도로 그들을 제압했다.

퍼벅! 쿵! 쿵!

경호원 두 명에게 짧게 끊어 치기 한 방씩을 먹여 주었다.

부지불식간에 공격을 받은 경호원들은 순간 숨이 턱 막히고 몸에 힘이 풀려 그 자리에 무릎을 꿇었다.

입구에 서 있는 경호원 두 명을 제압한 수한은 급하게 문을 열고 안으로 들어갔다.

자신과 경호원이 실랑이를 하는 동안 안에 있는 수빈에게 어떤 일이 벌어질지 모르기 때문이었다.

4.
망종의 최후

승민은 아버지의 불호령 때문에 친구들과 유럽으로 스키 여행을 가는 약속도 펑크를 내고 돌아왔다.

　방학 동안만이라도 병원에서 일을 배우라는 아버지의 명령이 있어 억지로 병원에 나갔다.

　하지만 일은 승민의 적성에 맞지 않았다.

　어려서부터 풍족하게 살아 온 승민이 일을 한다는 것은 말도 되지 않았다.

　더욱이 미국에 간 유학조차 학창 시절 사고를 많이 쳐 사실 도피성 유학이나 마찬가지였다.

　안에서 새는 바가지, 밖에서도 센다고 했던가.

　한국에서 사고를 치고 미국에 간 승민의 방탕한 생활은 미국에서 오히려 꽃을 피웠다.

한국에서는 그나마 무서운 아버지 때문에 눈치를 보기라도 했지만 미국은 아니었다.

아무도 그를 통제하지 않고 방치를 한 것이다.

유학 생활을 하면서 비슷한 끼리끼리 모여 매일같이 파티를 즐겼다.

그중에는 마약 파티도 있었는데, 처음 마약을 접할 때는 거부감이 있어 하지 않았지만 친구들과 어울리다 보니 자연스럽게 그도 하게 되었다.

이렇게 비슷한 환경의 친구들과 매일 방탕한 생활을 하던 승민은 아무리 엄한 아버지라고 하지만, 1년여 만에 본 것이라 이제는 그리 두렵지도 않았다.

다만 자신의 돈줄이기에 아버지의 말을 따를 뿐이다.

그런데 어제는 자신의 실수로 계약 하나가 날아가 버리고 말았다.

물론 승민은 그것을 자신의 잘못이라 생각지 않았다.

규모도 작은 제약회사와 하는 계약이었다.

한국에 제약회사가 좀 많은가. 그곳 아니라도 제약회사는 많았다.

다른 회사와 계약을 하면 될 걸 가지고, 아버지는 그에게 쓴 잔소리를 했다. 그 이후 승민은 병원을 박차고 나와 술집에서 진탕 술을 마셨다.

어떻게 들어왔는지도 모를 정도로 취해 집에 들어왔지만 아무도 그를 반겨 주는 이가 없었다.

아버지는 아버지대로 약속이 있어서인지 늦은 시간까지 들어오지 않았다.

그리고 승민의 어머니 또한 뭐가 그리 바쁜지 집에 들어오지 않았다.

참으로 비정상적인 가족이지만, 승민에게는 이게 어쩌면 더 편했다.

늦은 아침을 먹고 집을 나왔다.

병원에 출근을 할까, 라는 생각도 해 보았지만 벌써 해는 중천에 떠 있었다.

어차피 늦게 출근을 해 봐야 욕만 더 먹을 것 같아 승민은 병원에 출근을 하기보단 그동안 질기지 못했던 것을 즐기기로 하였다.

미국에서 생활을 하다 보니 입을 옷이 별로 없었다.

아버지가 붙여 둔 경호원을 대동하고 쇼핑을 하기로 했다.

낮에 쇼핑도 즐기고 이미 병원에 출근을 해야 한다는 생각

은 승민의 기억 속에서 사라진 지 오래다.

어차피 자신이 병원에 가서 할 일이란 별 거 없었다.

자신이 공부를 잘해서 의과대를 들어간 것도 아니고, 그렇다고 경영학을 배우는 것도 아니기에 병원에서 하는 일이라고는 자질구레한 일뿐이었다.

다만 원장 아들이라는 것 때문에 다른 직원들이 함부로 하지 못하는 것뿐이지, 직원들도 자신을 좋아하지 않는다는 것을 잘 알고 있었다.

이미 직원들은 승민이 한국에서 사고를 친 내용을 다 알고 있기 때문이다.

그 사고에는 병원 간호사도 껴 있어 소문이 나지 않을 수가 없었다.

이래저래 병원에도 마음이 없기에 간만에 쇼핑으로 기분이 좋아진 승민은 차를 몰아 어제 갔던 클럽으로 향했다.

어제 갔던 클럽은 확실히 물이 달랐다.

연예기획사들이 근처에 있어서 그런지 쭉쭉빵빵 하면서도 골빈 것들이 무척 많았다.

어제도 클럽에서 여자를 꾀어 모텔에서 섹스를 하였다.

한국 여자들이 보수적이라고 알려졌지만, 그 말은 옛말이된 지 오래다.

외국에서 유학을 한다고 하면 껌벅 넘어갔고, 거기에 다니는 대학 학생증을 보여 주면 백이면 백, 다 넘어왔다.

어제도 마찬가지로 자신이 미국 유학 도중 겨울방학이라 아버지가 원장으로 있는 병원에 아버지를 돕기 위해 귀국했다는 말을 하자 넘어온 여자와 잠자리를 한 것이다.

뭐 잠자리 테크닉은 별로였지만, 추운 겨울밤 침대를 달구는 용도로는 그만이었다.

오늘도 밤을 달궈 줄 여자를 구하기 위해 클럽을 찾았다.

하지만 너무 이른 시간에 클럽을 찾았는지 아직 괜찮은 여자가 보이지 않았다.

하는 수 없이 룸에서 혼자 자작을 하였다.

몇 번 웨이터들이 승민이 찔러 준 돈값을 하려고 여자를 데리고 들어오긴 했지만 모두 어제만 못해 퇴짜를 놓았다.

그러다 보니 어느 순간 웨이터들도 승민의 방을 찾지 않았다.

혼자 그렇게 자작을 하던 승민은 화장실을 가기 위해 밖으로 나갔다.

특실인 그의 방에는 편의를 위해 실내에 화장실이 마련되어 있었다.

이는 하룻저녁 몇 백만 원의 돈을 쓰는 특실 손님을 위한 편의 시설인 것이다.

하지만 승민은 올라오는 취기도 해소할 겸 그리고 홀에 직접 나가 여자를 꾀기 위해 움직였다.

화장실을 들려 볼일을 보고 나온 승민의 눈이 번쩍 뜨였다.

그의 눈에 스테이지 가운데 춤을 추고 있는 여자들이 그의 시선을 사로잡은 것이다.

아니, 많은 사람들이 그곳에 시선을 주고 있었다.

어느 정도 취기가 가시자 왜 사람들이 스테이지를 집중하고 있는지 알 수 있었다.

'아니, 파이브돌스가 여길 찾았단 말이야?'

도저히 믿을 수가 없었다.

대한민국 최고 아이돌인 파이브돌스가 클럽에 와서 춤을 추고 있으니 그도 놀라지 않을 수가 없었다.

한참 파이브돌스에게 시선을 집중하고 있었는데, 그녀들과 함께 춤을 추던 여자가 스테이지를 내려오는 것이 보였다.

파이브돌스만은 못해도 그녀도 꽤나 아름다운 얼굴이었다.

'파이브돌스멤버와 이야기를 하는 것을 보니 그녀도 연예인인가 본데…….'

승민은 자신이 알아보지 못하는 것을 보니 별로 유명한 연예인은 아닌 것 같아 작업을 걸기로 결심하였다.

비록 파이브돌스와 알고 있다고 하지만 별로 알려지지 않은 연예인이라면 자신의 배경으로 충분히 낄 수 있을 것이라 생각하였다.

"잠시 이야기 좀 하죠!"

스테이지를 내려오는 여자의 곁에 다가가 손목을 덥석 잡으며 말을 하였다.

"누, 누구세요?"

소스라지는 여자를 보며 승민은 밝은 미소를 지으며 대답을 하였다.

"저 이상한 사람 아닙니다. 이층에 룸에서 이야기 좀 할까요?"

하지만 승민이 아무리 밝은 미소를 지으며 말을 하여도 수빈은 낯선 남자의 막무가내에 불안에 떨었다.

"저 일행 있어요. 놔주세요."

"이야기 좀 하자니까요."

수빈이 거부할수록 승민은 수빈이 내숭을 떤다고 생각을 하며 그녀의 팔을 잡아끌었다.

수빈은 점점 겁이 났다.

자신을 억지로 끄는 남자의 눈이 점점 붉어지며 광기를 보이고 있었기 때문이다.

지금도 자신의 말을 듣지 않자 화를 냈다.

"아, 시팔! 이런 데 왔으면 다 그런 것이지 뭘 그리 빼고 그래?! 우리 집 돈 많아! 너도 연예인인 것 같은데, 내가 띄어 줄게!"

"전 그런 것 관심 없어요. 그러니 보내 줘요."

수빈은 남자의 막무가내에 더욱 불안해하며 보내 줄 것을 요구하였다.

"자꾸 이러시면 그쪽도 좋지 못해요. 그러니 절 보내 주세요."

자신이 소속된 천하 엔터가 가진 힘을 알기에 수빈은 불안한 중에도 승민에게 경고의 말을 하며 거듭 자신을 방에서 내보내 달라고 요구하였다.

하지만 수빈의 말을 들은 승민은 수빈의 말을 알아듣지 못했다.

승민은 이른 저녁부터 클럽에 와서 술을 마셨기에 이미 취기가 오를 만큼 올라 있었다.

그러던 것이 화장실을 가기 위해 밖으로 나가 찬바람을 조금 맞아 정신이 들었다.

술기운이 찬바람에 잠시 가셨을 때 수빈을 보고 꽂힌 승민은 자신의 말을 듣지 않는 수빈으로 인해 점점 기분이 나빠졌다.

그래서 억지를 쓰며 그녀를 우격다짐으로 끌고 이층 룸으로 데려왔다.

아니, 끌고 왔다.

그때까지만 해도 승민은 이성이 조금 남아 있었는데, 방금 전 협박 비슷한 수빈의 말에 그만 정신이 나가 버렸다.

"뭐? 그래, 내가 안 보내 주면 어쩔 건데! 개시팔! 내가 좋게, 좋게 이야기 하니 지 주제 파악도 못하고 뭐가 어쩌고 어째?!"

이성을 잃은 승민은 급기야 수빈을 향해 손찌검을 하기 위해 팔을 높이 들었다.

벌컥!

"뭐야! 누가 들어오라고 했어!"

갑자기 문이 열리는 소리가 들리자 승민은 뒤도 돌아보지 않고 소리쳤다.

입구를 막고 있는 경호원 중 한 명이 방으로 들어온 것으로 착각을 한 승민은 그렇게 고함을 질렀지만, 현실은 그렇지 않았다.

방문을 열고 들어온 사람은 승민이 예상하는 경호원이 아니었다.

휙! 퍽!

"악!"

특실 방문을 열고 들어온 수한은 수빈을 벽에 밀어붙이고 한 손을 높이 들어 때리려 하는 남자의 모습에, 달려들어 옆구리를 차 버렸다.

"뭐야!"

"이 새끼, 지금 뭐하는 짓이야?!"

겁에 질린 수빈의 앞을 막아선 수한은 자신의 공격에 쓰러진 남자를 쳐다보며 말했다.

그런 수한의 말에 자신이 누군가에게 공격을 받았다는 것을 깨달은 승민이 소리가 들린 쪽으로 고개를 돌리며 말했다.

"이 새끼가 여기가 어디라고…… 밖에 뭐하고 있어!"

자신을 노려보는 수한의 시선이 심상치 않자 승민은 문밖에 대고 소리쳤다.

문밖에는 아버지가 붙인 경호원들이 있었기에 그것을 믿고 소리친 것이다.

원래 밖에 있는 경호원들은 승민이 사고를 치지 못하게 감시하기 위해 붙여 놓은 사람이었다.

물론 승민도 그러한 사실을 잘 알고 있었다.

하지만 그렇다고 경호원들의 눈치를 볼 만큼 승민이 무난한 성격도 아니었다.

감시하는 사람이 있거나 말거나 자신이 하려는 일은 막무가내로 밀고 나갔다.

어차피 경호원들은 비록 감시라고 하지만 자신이 누군가에게 해코지를 당한다면 그것을 막아야 할 의무가 있는 사람들이다.

그러니 승민은 감시자 겸 경호원을 적절히 이용해 자신의 이득을 취했다.

이십대 나이에 경호원을 두 명이나 데리고 다니는 사람이 몇이나 될 것인가.

자세한 사정을 알지 못하는 젊은 여성들을 꾀기 딱 좋은 조건을 가지고 있는 승민이다.

이런 잔머리는 비상하게 돌아가던 승민이 오늘 임자를 제대로 만났다.

아무리 불러도 경호원이 오지 않자 승민은 점점 불안해졌다.

"너 이 자식, 어떻게 들어온 거야! 밖에 경호원들 있었을 텐데!"

승민은 도저히 지금 상황을 믿을 수 없어 밖에 경호원이 있었던 것을 상기하며 물었다.

하지만 그런 승민의 질문에 대답을 해 줄 생각이 없는 수한은 차가운 눈으로 승민을 쳐다보았다.

"너 내가 누군지 알아?! 너 이 자식, 내가 가만둘 줄 알아! 너 같은 놈은 감방에서 콩밥 좀 먹어 봐야 정신을 차리지!"

확실히 법대로 한다면 승민의 말이 맞았다.

하지만 현실은 그렇지 않았다.

승민이 먼저 억지로 수빈을 감금하다시피 하였기에 이를 구하기 위해 나선 수한은 정상참작이 된다.

물론 수한이 지금 협박하고 있는 승민보다 힘이 없었을 때는 이야기가 달라진다.

대한민국의 법은 가진 자들을 위해 존재한다고 할 정도로 편향되어 있기 때문이다.

가해자가 피해자 보다 잘살고, 또 변호사만 잘 쓰면 무죄로 풀려나기도 하니 틀린 말도 아니었다.

미성년자를 협박해 끌고 가 성폭행을 하였어도, 적극적인 거부 의사를 표하지 않았다고 집행유예를 선고하는 것이 대한민국이다.

그러니 지금 승민이 수한을 상대로 하는 협박이 아주 막말은 아니었다.

하지만 협박을 하고 있는 승민은 수한의 배경을 알지 못했다.

더욱이 자신이 강제로 끌고 온 수빈이 어느 회사 소속의 연예인이지 몰랐다는 것도 큰 실수였다.

자신이 잘 모르는 연예인이라고 배경만 믿고 막대했던 것이 어떻게 치명적이게 작용할지 지금에는 몰랐다.

한편 클럽의 보안을 책임지는 신영필은 클럽의 결산을 보기 위해 사무실로 들어서려다 이상한 것을 목격했다.

특실 앞 복도에 양복을 입은 사내 두 명이 복도 바닥에 주저앉아 있는 모습을 본 것이다.

처음에는 술이 취해 그런 것인 줄 알고 넘어가려 하였는데, 그들이 입고 있는 옷이나 귀에 꽂고 있는 것이 눈에 거슬렸다.

그리고 잠시 뒤 뭔가 생각이 났는지 빠르게 뛰어가 바닥에 주저앉아 있는 경호원들을 지나 특실 안으로 뛰어 들어갔다.

뭔가 큰일이 난 것을 알고 특실 안으로 뛰어든 것이 무색하게 특실 안에는 한 명의 여자를 두고 두 명의 남자가 대치를 하고 있었다.

다행히 자신이 예상하던 것과 다른 그림이라 조금 안심이 되었지만 곧 다른 생각이 들었다.

경호원을 대동할 정도의 젊은 사내라면 결코 가벼운 신분이 아닐 것이란 생각이 들어 누구일까 자세히 살폈다.

물론 그건 신영필의 착각이었다.

그렇지만 자신이 담당하는 업소에서 그것도 특실 손님에게 문제가 생긴다면 앞으로 클럽 운영에 막대한 지장을 초래할 수 있는 문제였기에 그대로 물러날 수는 없었다.

"안녕하십니까, 전 이곳의 관리 상무입니다. 무슨 일들이십니까?"

신영필은 자신의 신분을 알리며 정중하게 물었다.

한편 자신이 잡은 특실에 뛰어들어 자신을 공격한 수한을 노려보던 승민은 또 다른 남자가 들어서자 경계를 하였다.

그러다 들어선 이가 이곳 클럽의 관계자란 것을 듣고 눈이 반짝였다.

그가 알기로 이곳은 이 일대를 지배하고 있는 조직이 운영하는 곳이었다.

신태양파라면 경찰과 검찰에도 줄이 있는 전국구 조직이었다.

물론 승민도 이러한 이야기를 친구들과 어울리면서 듣게 되었다.

아무튼 클럽 관계자가 나타나자 승민의 기가 살아나기 시작했다.

조금 전에는 갑작스런 기습과 차갑게 노려보는 수한의 눈빛에 위축이 되었는데, 나타난 이가 조폭이라면 자신을 도와줄 것이란 생각이 들었다.

어찌 되었든 자신은 업소의 VIP손님이기 때문이다.

"여기 영업을 어떻게 하는 겁니까? 저기 저놈이 내가 전 세 낸 룸에 무단으로 침입하게 하다니."

자신이 수빈을 억지로 끌고 온 것은 말도 하지 않고 수한이 방으로 들어온 것만 부각해 떠들었다.

승민의 말을 들은 영필은 업소 측에서 보면 이런 일은 철저히 막아야 할 문제였기에 일단 승민의 말을 듣고 수한을 노려보았다.

"손님, 잠시 저와 함께 나가서 이야기 좀 하셔야 하겠습니다."

신영필은 지금 상황을 너무도 담담히 지켜보고 있는 수한을 보며 뭔가 꺼림칙한 느낌이 들기는 하였지만, 일던 자신의 본분을 잃지 않고 말을 하였다.

그런 신영필의 말에 수한은 의기양양하게 자신을 쳐다보는 승민을 무심히 쳐다보다 자신의 뒤에 있는 수빈의 손을 잡고 방을 나가려 했다.

하지만 그런 수한의 모습에 승민이 제동을 걸었다.

"그 여자는 놓고 가지!"

참으로 어처구니없는 말이었다.

수빈을 마치 자신의 물건인 듯 수한에게 말을 하였다.

그런 승민의 말을 들은 수한의 표정이 점점 차갑게 굳어졌다.

오늘 루나의 생일이기에 될 수 있으면 사고를 치지 않으려

하였는데, 지금 눈앞에 있는 남자가 자신의 신경을 건들이고 있었다.

그런데 참으로 이상했다.

대마도사의 경지를 넘어 이제는 위자드급의 정신력을 가지고 있는 수한이다.

그런 수한에게 지금 승민이 하고 있는 행동들은 너무도 가소로워 상대할 가지도 없는 것이었다.

그저 한번 웃고 넘어갈 일이었는데, 하지만 그렇지 못했다.

무엇 때문에 그런 것인지 모르겠지만, 현재 수한은 평소 냉철한 대마도사의 그것이 아니었다.

그런데 표정이 굳어 가는 수한의 얼굴을 보던 신영필은 고개를 갸웃거리기 시작했다.

'누구지? 어디선가 본 적이 있는 얼굴인데…….'

자꾸만 왜지 모를 불안감이 신영필의 심장을 뛰게 하였다.

무언가 큰 것을 자신이 놓치고 있다는 느낌이 주체할 수가 없었다.

'뭐지? 내가 놓치고 있는 것이 있는 것 같은데, 그것이 뭐지?'

신영필이 이렇게 뜸을 들이고 있을 때 승민은 그런 신영필의 행동이 마음에 들지 않았다.

"뭐하는 겁니까? 내가 누군지 알아요?!"

승민은 큰소리를 치기는 했지만 이곳이 신태양파가 운영하는 곳이란 것을 알고 있기에 신영필에게 감히 반말을 하지는 않았다.

하지만 그렇다고 해서 성질을 죽여 그냥 넘어가지도 않았다.

일이 잘못되면 정관계에 발이 넓은 자신의 아버지가 해결해 줄 것이란 믿음이 있기에 큰소리를 치는 것이다.

승민의 큰소리에 신영필은 짜증이 일어났다.

하지만 VIP손님을 상대로 언성을 높일 수는 없는 일.

이러지도 못하고 고민을 하고 있을 때, 복도 끝에서 그를 부르는 소리가 있었다.

"형님!"

자신을 부르며 다급히 달려오는 부하의 정강이를 구두 발로 걷어차고는 소리쳤다.

"이 새끼가! 정신 똑바로 안 차릴래?!"

"죄송합니다. 그만 급해서 실수했습니다. 용서해 주십시오."

자신의 실수에 대하여 반성을 하는 부하의 말에 신영필은 표정을 풀며 물었다.

"무슨 일이야."

아직 특실의 일이 처리되지 않았는데 또 다른 일이 벌어지
자 짜증이 나기 시작했다.

"그게 VIP손님이 지금 일행이 사라졌다고 난리도 아닙니
다."

"뭐? 이 자식들 관리 어떻게 하는 거야! VIP의 일행이
사라지다니 그게 말이 돼?"

영필은 부하의 말에 기가 막혔다.

VIP손님이 이곳 말고도 또 다른 곳에서 클레임을 건 것
이다.

일반 손님도 아니고 이곳에서 VIP라 불린다는 것은 하루
매상 오백에서 천만 원 정도를 쓰는 사람을 말한다.

"이번에는 또 누군데?"

이제는 클레임을 건 VIP의 정체가 궁금해진 신영필이 보
고를 하는 부하에게 물었다.

그런데 들려온 말은 신영필을 기겁하게 만들었다.

"그게 파이브돌스입니다."

"파이브돌스? 아이돌 그룹, 파이브돌스?"

"예, 그 파이브돌스 맞습니다."

"그들이 우리 클럽을 왔다고?"

"네, 오늘 파이브돌스 멤버 한 명이 생일이라 파티를 하기
위해 찾았답니다. 그래서 오늘 그 소문 때문에 영업이 평소

보다 20%나 올랐습니다."

부하의 보고에 영필도 클럽에 들어오기 전 언뜻 들은 기억이 났다.

유명 아이돌그룹이 생일파티를 하기 위해 자신이 관리하는 업소에 놀러 왔다는 보고를 받은 것이 생각난 것이다.

그런데 지금 그들이 자신들의 일행이 사라졌다고 클레임을 걸었다.

더욱이 이야기를 들어 보니 없어진 일행을 찾기 위해 나선 또 다른 일행까지 돌아오지 않고 있다 말하고 있었다.

참으로 어처구니가 없었다.

신영필이 이렇게 부하의 보고에 어처구니없어 하고 있을 때, 표정이 바뀌는 이가 있었다.

'시팔!'

승민은 자신이 억지로 끌고 온 여자가 파이브돌스와 함께 있던 모습을 보았다.

그리고 그 여자가 스테이지를 내려올 때 파이브돌스 멤버와 이야기하는 것도 보았다.

하지만 그들이 찾을 정도로 자신이 데려온 여자가 그들에게 중요한 사람일 줄은 몰랐다.

승민은 그만 이곳을 나가고 싶어졌다.

상황이 또 바뀌어 있었다.

수한이 룸 안에서 수빈이 처한 상황을 막고 있을 때 승민의 경호원 중 한 명이 연락을 한 것인지 깐깐하게 생긴 변호사가 클럽에 나타난 것이다.

여기까지였으면 그나마 양자 간에 합의를 통해 일이 원만하게 해결될 수도 있었겠지만, 변호사가 나타나자 기가 산 승민이 난리를 피웠다.

"니들 다 죽었어! 이 깡패 새끼들!"

승민은 처음 소란을 발견하고 나섰던 영필과 영필의 뒤에 있는 그의 부하들, 그리고 경호원을 쓰러뜨리고 자신의 일을 방해한 수한까지 뭉뚱그려 싸잡아 깡패라고 소리치며 소란을 떨었다.

그 모습을 지켜보는 수한은 정말로 어이가 없었다.

적반하장도 유분수지, 지금 누가 누굴 협박을 하는 것인지 지금 기가 막혔다.

"계속 그렇게 나온다는 거지? 당신이 여기 책임자라고 했지요?"

수한은 신영필을 돌아보며 물었다.

조금 전 자신이 이곳 상무라는 말을 하였기에 그에게 고개를 돌려 말을 하였다.

"예, 무슨 할 말씀이라도……"

신영필은 난장을 피우고 있는 특실 손님의 변호사가 오기 직전, 수한을 어디서 보았는지 기억을 해냈다.

처음 룸 안에서 수한의 얼굴을 보았을 때 찜찜했던 이유를 깨닫고 자신이 실수를 하지 않은 것에 안도했다.

그런데 한 발 물러서 당사자들이 어떻게 일을 원만히 풀기만을 기다리던 그의 바람과는 다르게 천둥벌거숭이가 기어코 사고를 치고 말았다.

이런 생각을 하고 있을 때, 수한이 자신을 부르는 소리에 얼른 대답을 하였다.

"여기 CCTV시설은 다 되어 있죠?"

업소에 의무적으로 설치되게 법으로 정해져 있는 것에 대하여 수한이 언급을 하자 얼른 대답을 하였다.

"그렇습니다. 뭐 필요하신 것이라도?"

"예, 그럼 1시간 전부터 지금까지 녹화된 것을 주십시오. 참! 전부는 필요 없고, 홀에 설치되어 있는 것과, 여기 복도를 촬영한 것만 주시면 됩니다. 뭐 여기 특실에는 CCTV가 설치되어 있지 않은 것 같으니."

수한은 신영필의 말이 떨어지기 무섭게 클럽에 설치되어 있는 CCTV에 녹화된 테이프를 달라고 하였다.

물론 오늘 하루 녹화한 것 모두를 요구하기보단 필요한 부분만 요구하였다.

한편 이런 수한의 모습을 지켜보던 변호사의 눈이 빛났다.

수한의 하는 모습을 지켜본 그는 결코 평범한 사람이 아니란 생각이 들었다.

"어디서 나오신 분이십니까?"

조금 전까지 클럽에 나타나 고압적인 모습을 보이던 변호사는 수한이 클럽 상무라는 신영필에게 CCTV 녹화를 요구하자 얼른 껴들었다.

"왜? 조금 전까지는 그렇게 당당하더니 내가 테이프를 요구하니 뭔가 꿀리는 것이라도 있나 보지?"

이미 상대가 막 나가는 모습을 본 뒤라 수한도 연장자라 하여 그를 대우해 줄 생각이 없었다.

사건 정황을 듣지도 않고 자신의 배경만 믿고 날뛰는 것을 수한은 두고 볼 수 없었다.

"당신이 그렇게 좋아하는 법대로 한번 해 보자고."

"허허, 이거 어린 친구가 못하는 말이 없군!"

말문이 막힌 승민의 변호사는 수한이 반말로 자신을 대하자 나이를 들먹이며 수한에게 훈계를 하였다.

참으로 볼썽사나운 모습이 아닐 수 없었다.

논리적으로 상대에게 이길 수 없다는 것을 알았으면 사과를 하거나 수긍을 하고 용서를 구해야 할 것인데, 그는 자신의 잘못은 생각지 않고 수한의 나이나 들먹이며 나무란 것이다.

GREAT
그레이트 코리아
KOREA

한편 수빈을 찾으러 간 수한이 한참이 되도록 오질 않자 웨이터를 통해 수빈과 수한의 행방을 찾던 파이브돌스도 어디서 소식을 들었는지 이층 특실로 몰려왔다.

"이렇게 나가면 좋을 것 없을 건데 말입니다."

소란이 일던 곳으로 걸어가던 수정은 클럽 이층의 특실에서 들려오는 남자의 목소리를 들었다.

하지만 그 소리를 들었지만 설마 그게 자신의 동생을 향해 하는 협박을 것이라고는 생각지 못하고 있었다.

"지금 그거…… 내게 겁먹으라고 하는 말이야?"

사람들이 모여 있는 곳으로 다가가던 수정은 이상한 생각이 들었다.

평소 모르는 사람에게는 절대로 수한은 저런 식으로 말을 하지 않았다.

그런데 지금 자신의 동생으로 짐작되는 사내의 목소리는 그런 수정이 알고 있는 것과 다르게 말을 하고 있었다.

'수한이의 목소리 같은데 누구에게 하는 말이지?'

수정은 도대체 누가 자신의 동생을 화나게 한 것인지 궁금해 빠르게 걸었다.

그리고 그건 수정뿐 아니라 흩어져 수한과 수빈을 찾던 다른 파이브돌스 멤버들도 클럽 특실에서 싸움이 났다는 소리를 듣고 이상한 예감에 이곳을 향해 걸어오고 있었다.

뿐만 아니라 루나는 클럽 밖, 차에서 대기하고 있던 경호원들을 부르는 용의주도함을 보였다.

루나가 부른 경호원은 소속사인 천하 엔터와 협업을 하는 천하 가드의 경호원이 아닌, 수한이 자신의 누나를 보호하기 위해 직접 파견한 전직 북한 특수부대원들이었다.

김갑돌과 리철명이 모집하고, 라이프 제약에서 생산된 특수 약물을 공급받아 전성기 때의 실력 이상으로 능력이 향상된 이들이다.

수한은 누나가 파이브돌스와 함께 생활한다는 것을 잘 알기에 경호 인원도 많이 배치를 시켰는데, 사실 자신에게 배정된 세 명과 부모님을 경호하는 여섯 명을 뺀 열세 명 모두, 수정과 파이브돌스 멤버들을 경호하게 배치하였다.

수정이 특실 앞 복도에 사람들이 모여 있는 것을 헤치고 안으로 들어가니 그곳에 수한과 사십대 중년의 남자가 대치를 하고 있는 것이 눈에 들어왔다.

그리고 연이어 수한의 뒤에 웅크리며 불안감에 떨고 있는 수빈의 모습이 보였고, 또 반대편에 야비한 미소를 짓고 있는 이십대의 남자가 보였다.

그런데 수정이 실내 상황을 살펴보니 딱 견적이 나왔다.

자신의 또래로 보이는 남자가 수빈이를 이곳으로 끌고 왔고, 어떻게 알았는지 자신의 동생이 찾아오자 문제가 발생했을 것이다.

딱 봐도 술에 찌들어 있는 사내가 막무가내로 수빈을 잡았을 것이 분명해 보였다. 그러다 수한에게 제지되자 문제를 일으킨 것이다.

주변에 있는 남자들은 덩치를 보면 어떤 일을 하는지 알 수 있었다.

다만 수정이 이해할 수 없는 것은 웨이터들과 깡패로 보이는 남자들이 뭔가 애매한 표정을 짓고 있다는 것이었다.

보통 영화에 보며 저기 야비한 표정을 짓고 있는 사내의 편에 서서 자신의 동생과 수빈을 위협하고 있어야 하는데 그렇지 않고 뭔가 안절부절 못하는 것 같았다.

잠시 무엇 때문에 깡패들이 그런 표정을 짓고 있는지 생각을 하다 지금은 그게 중요하지 않다는 것이 생각났다.

'참! 그게 중요한 것이 아니지.'

조용히 아무런 말없이 사내들 사이를 헤치고 들어간 수정은 수한의 옆으로 걸어갔다.

"수한아, 여기서 뭐하고 있어?"

수한은 자신의 곁에 다가와 말을 거는 누나를 보았다.

이미 그녀가 조금 전부터 이곳에 도착을 해 실내를 보고 있다는 것을 알고 있었다.

하지만 조금 전 신영필에게 한 말이 있어, 그것이 도착하기를 기다리고 있었다.

　다만 자신이 CCTV의 녹화를 기다리는 것에 제동을 걸기 위해 협박하는 상대방의 변호사를 어떻게 할 것인지 생각하느라 아는 체를 못했을 뿐이다.

　"아, 별거 아냐. 여기 이 사람은 거기 돌아이의 변호사라는데, 날 무슨 깡패로 몰아붙이며 협박하고 있어서 잠시 두고 보는 중이야."

　"뭐?!"

　수한의 너무도 담담한 말에 수정이 그 말을 듣고 화를 내었다.

　한편 승민의 변호사는 너무도 담담한 수한의 모습에 뭔가 잘못 돌아가고 있다는 것을 느낄 수 있었다.

　더욱이 조금 전 자신의 신분을 밝혔음에도 이곳 상무라는 사람은 자신들에게 협조를 하는 것이 아니라 뒤로 물러서 오히려 눈앞에 있는 젊은 사내의 지시에 협조하고 있었다.

　'뭐가 어떻게 돌아가는 거야?!'

　변호사 안기준은 지금 상황이 자신의 생각대로 진행이 되지 않자 짜증이 났다.

　아니, 불안해졌다는 표현이 정확할 것이다.

　보통 변호사라고 자신의 신분을 밝히면 대체로 상대측에서 기가 죽어 숙이게 된다.

그리고 이런 업소 관리자는 자신의 신분을 듣자마자 협조를 하였다.

자신의 의뢰인이 잘못을 했더라도 알아서 중재를 하든지, 아니면 오히려 피해자를 가해자로 몰아 자신들에게 유리하게 증언을 해 주었다.

그런데 지금은 그와 반대로 자신의 신분과 의뢰인의 배경에 대하여 알렸음에도 기죽는 것은 고사하고 너무도 담담한 표정이었다.

승민의 신분과 배경을 알고 기죽거나 아니면 오히려 잘되었다는 듯 돈을 뜯어내기 위해 호기를 부렸다면 안기준 역시 이런 생각이 들지 않았을 것이다.

하지만 상대는 그런 일반적인 반응과는 다르게 너무도 담담히 자신들을 보고 있었다.

"누나, 너무 화내지 마. 귀엽잖아? 같잖은 배경을 가지고 자신들이 뭐라도 되는 것처럼 구는 꼴을 보노라니 재미있는 코미디를 보는 것 같아서 좋네."

수한의 입은 웃고 있지만 눈은 그렇지 않았다.

아무런 감정도 실리지 않은 무심한 표정으로 말을 하는 수한의 모습에 수정은 덜컹 겁이 났다.

한 번도 본 적이 없는 동생의 그런 모습은 수정에게 너무도 낯설었다.

그리고 그런 수한의 표정은 정면으로 보고 있는 안기준에게는 알 수 없는 공포로 다가왔다.

'뭐, 뭐지?'

알 수 없는 전율이 목덜미와 등을 훑고 지나갔다.

지금까지 안기준이 한 번도 느껴 보지 못했던 그런 감정이었다.

그런데 이렇게 알 수 없는 감정에 불안해하는 안기준의 기분을 무저갱으로 떨어뜨리는 말이 그의 귀에 들려왔다.

"고모, 나 수정인데. 여기 강남에 있는 클럽이거든? 여기로 김 변호사님 좀 보내 줘!"

수정은 수한의 이야기를 들었지만, 그게 무슨 소린지 알수가 없었다.

그런데 수한의 뒤에 떨고 있던 수빈이 수정의 얼굴을 확인하고 조금 전 있었던 일들을 들려주었다.

지금가지 있었던 일들을 들은 수정의 눈꼬리가 올라갔다.

고양이 상의 미녀인 수정은 화가 났을 때 나타나는 그녀만의 특징이 있었는데, 바로 눈꼬리 끝이 위로 올라간다.

이럴 때면 마치 앙칼진 고양이가 날을 세우며 쳐다보는 듯해 더욱 매력적으로 보였다.

하지만 그 매력에 빠져 정신을 못 차리고 있을 때 그들은 파멸의 늪으로 빠져들었다.

대한민국 연예계에서 그렇게 파멸한 남자들이 상당했다.

처음 파이브돌스가 연예계에 데뷔를 했을 때 멋모르고 그녀들을 어떻게 해 보려고 수작을 부리다 수정의 보복으로 파멸한 사람들이 꽤 되었다.

방송 관계자는 물론이고 이들을 스폰을 해 보겠다고 껄떡이던 노땅들도 있었다.

그런데 지금 어디의 누군지 모를 잡것들이 자신의 친동생과 또 자신을 친언니처럼 따르는 수빈을 해코지 하려고 했다는 소리를 들었으니 그냥 둘 수가 없었다.

그래서 수정은 자신의 할아버지나 큰아버지에게 연락을 할수도 있었지만, 그래도 일단 자신의 소속사 사장인 고모에게 연락을 한 것이다.

일단 수빈도 천하 엔터의 소속된 연예인이니 그녀에 대한 것도 논의를 해야 하기 때문이다.

이런 상황에서도 수정은 수빈의 일도 생각해야 하기에 소속사인 천하 엔터 사장인 고모에게 전화를 하였다.

"얼마나 대단한 배경이 있어서 그렇게 큰소리치는 것인지는 모르겠지만, 어디 끝까지 가 보자!"

차갑게 빛나는 눈으로 수한을 협박하던 안기준을 보며 그렇게 소리쳤다.

사건은 참으로 이상한 방향으로 흘러가기 시작했다.

처음 발정 난 수컷 한 마리의 욕정이 미친 짓이, 이제는 기업 간 파워게임이 되어 가고 있었다.

물론 문제를 일으켰던 유승민의 집안이 기업은 아니라고 하지만, 종합병원 원장인 그의 아버지를 생각하면 기업이나 마찬가지였다.

예전 의원은 인술(仁術)을 베풀기에 존경을 하고, 의원 또는 의사선생님이라 존경을 받았지만, 현재 병원은 그렇지 못했다.

돈이 있는 사람만 환자이고, 돈 없는 이들은 그들에게는 환자가 아닌 골치 덩이일 뿐이었다.

그런 것을 보면 요즘 종합병원도 기업이나 마찬가지로 이윤을 추구하는 곳으로 전락한 지 오래다.

시간이 지나 천하 엔터의 고문 변호사가 클럽에 도착을 하였다.

이때부터 승민의 변호사와 수한과 수빈을 변호하기 위해 온 변호사 간의 설전이 벌어졌다.

물론 일방적으로 공격을 하는 것은 천하 엔터에서 나온 고문 변호사였다.

클럽에 도착을 하고 수한과 수빈에게 사건의 전반적인 내용을 전해 들은 변호사는 입가에 미소를 지으며 한껏 여유 있는 모습으로 승민의 변호사인 안기준을 상대하였다.

"조금 전 제 의뢰인을 협박했다고 하던데, 그게 사실인가요?"

"아니, 제가 언제 협박을 했다는 것입니까? 그저 원만하게 합의를 보기 위해……."

"원만한 합의를 당신은 그렇게 보시나 보죠?"

"저, 그게……."

차분히 말을 하지만 그 내용은 전혀 느긋하지 않게 안기준이 한 실수에 대하여 물고 늘어지는 고상현이다.

미국 하버드 로스쿨을 수료하고 워싱턴의 잘나가는 로펌에서 변호사를 하다 천하그룹 로펌에 스카우트 되어 한국에 들어온 고상현은 천하그룹 산하 로펌에 있으면서 그룹 이미지와 관련한 소송을 전담하고 있었다.

그러다 보니 천하 엔터와 자주 일을 하여 이렇게 소속사 연예인들이 연루된 사건을 보게 되었다.

이제는 직급이 있어 고상현 본인이 나오기보다는 다른 밑에 있는 변호사들이 왔을 일이지만, 전화를 건 사람이 천하그룹 회장인 정대한의 손녀이자 천하 엔터 정영화 사장의 조카다.

한마디로 그룹 직계가 연루된 사건이다.

일단 어떤 일에 연루된 것인지 알 수 없어 고상현이 직접 현장에 왔다.

그리고 사건 전반을 들어 보니 이쪽에서 잘못한 것은 하나
도 없었다.

다만 연예인이 연루된 일이기에 외부에 어떻게 비춰지느냐
에 따라 피해자이면서도 이미지가 추락할 수 있기에 생각을
깊게 해야만 하였다.

한편 뒤늦게 사건의 전말을 듣게 된 안기준의 표정은 썩은
돼지 간을 보는 듯 시커멓게 변했다.

'하! 이 새끼는 도대체 무슨 생각을 하고 사는 거야?! 이
렇게 사고를 쳐 놓고 나보고 어떻게 해결을 하라는 것인
지…….'

안기준이 생각하기에 참으로 암담했다.

사고를 치려면 사람을 봐 가면서 쳐야지, 천하그룹과 연관
이 된 사람을 상대로 사고를 쳤으니 안기준은 정말로 죽을
맛이다.

그냥 천하그룹 관계자만 되어도 어려울 판에 직계 가족을
건들었다.

그러면서도 저렇게 아무것도 모른 채 목에 핏대를 세우고
있는 모습이 참으로 기가 막혔다.

자신이 고문으로 있는 대일 병원이 그렇게 큰 규모는 아니
다.

그렇지만 부유층들을 대상으로 하는 특급 의료 서비스를

표방하며 정관계에 많은 인맥을 가지고 있는 꽤 영향력이 있는 곳이라 할 수 있었다. 하나 재계 순위 30위 안에 들어가는 재벌가와는 상대가 되지 않았다.

막말로 한 해 운영하는 자산의 규모 자체가 틀렸다.

저 망나니 같은 유승민은 그런 그룹의 직계를 건들고도 저렇듯 정신을 차리지 못하자 가슴이 답답해져 왔다.

"잠시 실례합니다."

도저히 자신은 이 사건을 해결할 수 없다는 판단을 하고 유승민의 아버지인 유인천 원장에게 전화를 하기 위해 양해를 구하고 밖으로 나갔다.

그런 변호사의 모습을 보았는지 유승민의 표정이 심하게 구겨졌다.

안기준이 도착했을 때까지만 해도 기세등등하던 모습은 온데간데없고 낯빛이 창백해졌다.

그제야 유승민도 분위기가 이상하다는 것을 깨달은 것이다.

보통 자신의 배경을 들으면 모든 것이 해결이 되었다.

그것이 아니더라도 변호사가 나서면 만사형통이었다.

그런데 지금은 언제나 든든했던 안기준 변호사도 꼬리를 내리고 밖으로 나가는 모습에 승민은 당황한 것이다.

자신도 모르게 아버지 유인천에게 전화를 걸었다.

아무리 무섭고 그래도 자신이 사고를 쳤을 때 가장 기대는 사람은 자신의 아버지였다.

어릴 때 어떤 사고를 쳐도 해결을 해 주었던 아버지니 이번에도 자신의 문제를 해결해 줄 것이라 생각하였다.

뚜뚜뚜뚜……

수화기 너머로 통화 중 신호만 계속해서 들려왔다.

누군가와 통화를 하고 있는 것인지 연결이 되지 않았다.

덜컹!

밖으로 나갔던 안기준이 들어왔다.

그리고 그는 고상현을 보며 고개를 숙였다.

"모든 잘못은 저희에게 있음을 잘 알겠습니다. 피해보상을 할 테니 사건을 여기에서 마무리해 주십시오."

처음 이곳에 나타났을 때와는 180도 다른 모습이었다.

하지만 안기준이 이럴 수밖에 없는 이유는 이미 이번 일로 소송이 걸리면 100% 지는 싸움이다.

그렇다고 상대가 연예인이 껴 있어 물러설 것이라고 생각할 수도 없었다.

천하 엔터는 자사 소속 연예인이 부당한 피해를 입는 것에 거품을 물고 악착같이 물고 늘어지는 것으로 유명했다.

그 때문에 방송가에서 한때 천하 엔터 소속 연예인 기피 현상이 일기도 했지만, 그 때문에 오히려 대한민국 연예인들

GREAT
KOREA

은 자신의 소속사와 계약 기간이 끝나면 천하 엔터에 전속 계약을 하러 오는 이들이 많았다.

천하 엔터로서는 많은 계약금을 주지 않고도 많은 특급 연예인들을 확보할 수 있었다.

그리고 특급 연예인들을 많이 보유하게 되자 천하 엔터에 대한 방송국의 제재도 흐지부지 되었다.

이렇듯 자사 소속 연예인을 위해서라면 소송도 불사하는 천하 엔터라, 안기준은 유인천에게 연락을 하여 이곳 사정을 설명했다.

그럼으로써 유승민이 저지른 일을 자신이 도저히 손을 쓸 수 없음을 피력했다.

그리고 유인천 원장도 상대가 천하 엔터에, 천하그룹이라는 사실을 알게 되자 아들을 포기하였다.

웬만해야 자신의 인맥을 통해서 뒤집기라도 하지, 천하그룹이 연루된 일은 아무리 자신의 인맥이라도 통하지 않을 것이기 때문이다.

5.
프로토 타입

수한이 연루된 클럽 사건은 그렇게 마무리 되는 듯하였다.

하지만 사람이 하는 일이란 것이 꼭 뜻대로 되는 것은 아닌가 보다.

변호사들이 나서서 서로 합의를 보고 손해배상을 하는 선에서 마무리 하고 모두 끝냈는데, 사건은 그 다음 날 벌어졌다.

어떻게 알려진 것인지 아침 뉴스에 어제 있었던 클럽에서 수빈과 수한 그리고 대일 병원 원장 아들 간의 다툼이 방영이 된 것이다.

이 때문에 대일 병원도 병원이지만 천하 엔터에 비상이 걸렸다.

그도 그럴 것이 당시 그 자리에 국내 최고 아이돌그룹인 파이브돌스가 함께하고 있었으며, 사건의 피해자로 알려진 여자 연예인도 자세한 얼굴이 모자이크 처리를 해 나오긴 했지만, 눈썰미 좋은 사람이라면 금방 수빈이라는 것을 알 수 있었다.

모델 활동과 드라마 배우 활동을 함께하고 있는 수빈이기에 요즘은 파이브돌스 멤버 예빈의 동생이 아닌, 수빈으로 더 알려진 상태다.

특히나 전날 드라마 촬영과 인터뷰 스케줄 때문에 입고 있던 복장 그대로 사진에 나온 것이라, 신문사는 뉴스가 나간 뒤, 인터넷에 모델 겸 배우인 수빈이 아닌가, 하는 기사를 내보냈다.

그 뒤로 정황 증거라며 당시 클럽에 있던 손님들 중 상황을 촬영했던 사람들의 증거 영상이 SNS를 통해 퍼져 나갔다.

이쯤 되자 이미 사전합의는 물 건너간 것이나 마찬가지였다.

사건을 덮기 위해 합의를 했는데, 이대로 두었다가는 피해자인 수빈이 피해를 입을 위험이 있었다.

대한민국에서는 남자와 여자가 구설수에 오르면 누가 잘잘못을 하였던 나중에 피해를 보는 것은 여자였다.

특히나 예쁜 여자 연예인이라면 그 피해는 말로 할 수 없을 정도로 심했다.

처음 사건을 두고 옥신각신하다 중간에 엉뚱한 상상을 하는 이가 끼어들면 그때부터는 사건의 진실공방이 아닌 자신들끼리 이전투구를 하는 전장으로 변한다.

그리고 결국 모든 잘못은 사건현장에 있던 여자에게 모든 비난의 화살이 돌아간다는 것이다.

이러한 사실을 너무도 잘 알고 있는 천하 엔터에서는 뉴스가 나간 뒤 빠르게 대처를 하였다.

당시 클럽 관계자에게 받은 당시 상황을 잘 나타내고 있는 CCTV 영상을 가감 없이 그대로 보인 것이다.

그리고 기자회견을 통해 큰 사고가 없었기에 가해자와 피해자 간에 쌍방합의를 하여 사건을 마무리했다고 발표를 하였다.

이렇게 천하 엔터에서 뉴스가 나가고 난 뒤 즉각적인 해명과 합의가 이루어졌다고 발표를 하였다. 하지만 가해자인 유승민과 대일 병원 측에서는 아무런 대답을 하지 않았다.

이 때문에 잠시 소란이 일기는 했지만, 뒤늦게 대일 병원에서도 천하 엔터가 발표한 내용을 그대로 인정을 하여 사건은 커지지 않고 마무리 되었다.

그렇지만 그 일로 사건 당사자인 유승민은 집에서 쫓겨나 다시피 미국으로 도피를 하였다.

아직 방학 기간이 조금 남아 있기는 했지만 그런 사고를 치고 한국에 남아 있다가는 죽을 수도 있었다.

유승민이 이렇게 급하게 미국으로 나간 것은 천하 엔터에서 뉴스가 나가고 난 뒤, SNS를 통해 당시 상황을 접한 파이브돌스의 극성팬과 수빈의 팬들 일부가 대일 병원과 집 주변에 몰려와 썩은 달걀 투척을 하는 등 테러를 하였기 때문이다.

물론 몰지각하게 병원 로비까지 몰려가 환자들에게 피해를 주지는 않았지만, 병원 입구 담벼락에 페인트 낙서와 달걀 투척을 하는 모습이 뉴스를 타고 전국으로 퍼졌다.

하지만 어느 누구도 그런 팬들을 욕하는 이들은 없었다.

학창 시절 유승민의 행했던 사고들이 잇달아 SNS를 통해 알려지면서 이번 사고도 흔한 연예인의 스폰서나 상납과 같은 자극적인 사건이 아닌 전적으로 유승민의 범죄로 인식이 되었고, 모든 지탄의 시선이 그에게 돌아갔다.

이렇게 유승민의 학창 시절 그가 행했던 사건사고가 알려지면서 인터넷 악플러도 악성 댓글을 달지 않았다.

일이 이렇게 되다 보니 유승민의 부모로서는 아무리 못났든 자식이기에 일찍 미국으로 돌려보냈다.

이러한 사실이 뒤늦게 알려지면서 유승민의 집과 대일 병원에 행해지던 팬들의 테러는 중단이 되었다.

물론 천하 엔터와 파이브돌스 그리고 수빈이 나서서 팬들에게 자제를 부탁을 하였기에 시간이 지나면서 진정이 되었다.

그런데 이 와중에도 수빈과 함께 있던 수한이 팬들 사이에서 이슈가 되었다.

남다른 수한의 모습으로 인해 일부 안티들은 이것이 천하 엔터에서 준비 중인 신인을 홍보하기 위한 노이즈 마케팅이 아닌가, 하는 의문이 잠깐 돌기는 했지만 파이브돌스 골수팬 중 한 명이 올린 사진으로 그러한 루머는 금방 사라졌다.

팬이 올린 사진은 바로 3년 전 있던 파이브돌스의 스캔들 기사의 일부였다.

수한이 누나인 수정과 그녀와 함께 활동을 하는 파이브돌스 멤버들과 처음으로 저녁을 먹고 나오다 벌어졌던 사고에 대한 기사와 당시 사진이었다.

기사에 수한의 신분이 자세히 나와 있었기에 이번 사건과 관련된 수한에 관한 루머는 당시처럼 그냥 해프닝으로 끝났다.

수한은 루나의 생일날 고속도로에서 눈길에 미끄러지는 차를 막기 위해 우연히 발현시킨 마법을 전차 개발에 응용하기 위해 연구에 들어갔다.

그동안 부족했던 방어력 향상을 위해 그렇게 궁리를 해 보아도 해결책이 보이지 않았는데, 드디어 그 실마리를 찾아낸 것이다.

하지만 이 세계는 마법이란 것이 존재하지 않았다.

아니, 수한 본인이 마법을 사용할 수 있으니 분명 존재는 한다.

그렇지만 마법은 수한 혼자만 사용이 가능한 것이라 이것을 실제로 적용하는 것이 문제였다.

더욱이 적용을 하고도 실제로 작동이 되어야만 했다.

물론 수한이 탑승을 하지 않고 일반 전차 승무원들이 운용을 해야 할 것이기에 마력이 없이도 전차에 적용된 실드 마법을 발동시킬 수 있게 시스템을 만들어야만 했다.

그 때문에 수한은 처음 마법을 생각해 낸 지도 한참이 지나서야 현실에 마법을 적용할 수 있는 방법을 알아냈다.

그것은 이곳에도 전생의 이케아 대륙에서 마법을 사용하기 위해 필수 조건인 마나석이 존재했던 것이다.

물론 100% 같은 것은 아니었다.

세상이 다르니 마나를 담고 있는 마나석 역시 그 특성이

다른 것인지, 이케아 대륙의 마나석은 어느 정도 등급이 되면 자체적으로 소비한 마나를 흡수해 마나를 적정 농도 유지하는 데 비해, 지구에서 발견한 광석은 마나를 발산한다는 특징은 같았으나, 마나를 자가 복구하는 기능은 없었다.

즉, 한마디로 두 세계의 마나석을 비교한다면 이케아 대륙의 그것은 자체 충전 기능이 있는 충전지라면, 지구의 마나석은 한번 소비하면 충전이 되지 않는 일반 건전지와 같았다.

수한에게 있어 이런 것이라도 발견할 수 있어서 다행이란 생각이 들었다.

더욱이 자신의 조국인 대한민국에 상당량이 분포되어 있는 자원이기에 더욱 좋았다.

사실 수한이 지구에서 마나석을 찾은 것은 오래전부터다.

일신그룹의 추적을 뒤로하고 현운사에서 숨어 지낼 때, 수한은 자신의 안전을 위해 최우선으로 전생에 익혔던 마법을 수습하기로 하였다.

비록 전생의 기억과 정신력을 가지고 있던 수한이지만, 지구에 있는 마나 분포는 전생의 그것과 확연히 차이가 있었다.

너무도 미미한 마나의 농도와 난개발로 인한 마나의 오염은 수한이 마법을 수련하는 데 많은 걸림돌이 되었다.

어렵게 마나를 모아도 오염된 것이라 그것을 다시 정제를 해야만 했다.

그러다 보니 지식에 비해 마력의 양이 적어 높은 경지로 오를 수가 없었다.

그런데 이렇게 힘들게 마법의 경지를 올리고 있을 때, 우연히도 마나를 품은 물건을 발견하였다.

◈　　　◈　　　◈

아침 일찍 조식을 마친 수한은 3년 전 발견한 자신의 아지트로 가기 위해 산길을 올랐다.

수한의 목적지로 가기 위해선 현운사 뒤로 300m 더 올라가야 한다.

그렇게 300m쯤 올라가면 샛길로 빠지는 길이 있는데, 그 샛길을 따라가면 밑으로 내려가는 길이 보인다.

원래는 이 샛길은 사람이 다니는 길이 아니었다.

지리산 골짜기를 돌아다니는 산짐승들이나 다니는 길이었다.

하지만 우연히 발견한 이 길로 수한이 다니다 보니 어느새 작은 산길이 만들어진 것이다.

아무튼 새벽 수련을 마치고 개인 시간이 주어졌기에 수한은 아무도 모르는 자신만의 아지트에서 마법을 수련하기 위해 산길을 오르는 중이다.

'아, 너무도 느리다. 언제 전생의 경지를 찾을 것인가? 이곳의 마나 분포도가 너무도 낮으니……'

수한은 산길을 오르며 그런 생각을 하였다.

벌써 이곳에 온 지도 9년이나 되었다.

만 6개월에 납치가 되고, 또 납치된 곳을 빠져나와 이곳에 숨어든 지도 벌써 9년이나 흐른 것이다.

전생의 기억을 가지고 또 이 세상에 없는 마법을 익혀 위기에서 벗어났다.

물론 다른 사람의 도움이 있었기에 그곳에서 빠져나올 수 있었지만, 수한은 마법만이 자신을 지키고 또 주변 사람들을 지킬 수 있다고 생각을 하였다.

의붓 할아버지와 어머니가 자신을 지극정성으로 양육을 하고 있음을 수한은 잊지 않고 있었다.

하지만 그것과 별개로 수한은 어떻게든 자신 주변인들을 본인이 직접 구할 수 있는 힘을 원했다.

전생에 7클래스의 마법을 가지고도 자신을 알고 있는 주변 사람들을 확실하게 구원하지 못했다.

비록 중간에 배신자가 있었기에 완벽하게 구원할 수 없었던 것 때문에 그런 생각을 하고 있는지도 모를 일이다.

하지만 아무튼 수한은 전생의 기억 때문에라도 자신을 둘러싼 모든 사람들을 위기에서 구하고 싶었다.

그러했기에 친부모 곁으로 돌아갈 수도 있었지만, 그러지 않고 이곳 지리산에서 나가지 않은 채 납치범들을 피한다는 핑계로 마법을 수련하고 있는 것이다.

하지만 마법은 생각처럼 경지가 오르지 않았다.

이것은 수한이 전생에 비해 자질이 부족해서도 또 깨달음이 부족해서도 아니다.

수한이 경지에 오르지 못하는 원인은 바로 이곳 지구가 수한이 전생에 살던 이케아 대륙보다 마나의 분포가 낮았기 때문이다.

뿐만 아니라 적은 마나도 인간들의 개발과 공해로 많이 혼탁했다.

그 때문에 도시보다 깨끗한 자연 상태를 간직한 지리산이라고 하지만, 이케아 대륙에 비해 많이 탁했다.

그래서 그런지 수한은 마나를 모아 바로 자신의 마력으로 만들지 못하고 다시 한 번 마나를 정제해야만 했다.

그래야 아무런 탈 없이 몸 안에 있는 순수한 마력과 결합을 하여 하나가 될 수 있었다.

만약 이런 절차를 무시하고 혼탁한 마나를 바로 마력으로 만들어 순수한 마력과 결합을 하게 된다면 마력이 적을 때야 아무런 문제가 없지만, 계속해서 그런 식으로 마력을 쌓아 갔을 때 결국 큰 탈이 나고 말 것이다.

몸 안에 있는 마력이란 것은 어떻게 보면 생명체의 생명력과도 연관이 있는 에너지였다.

물론 안으로 파고들면 조금 더 복잡한 것이 있지만 마력이 많아지면 생명체의 수명이 늘어나기에 전혀 연관이 없다고 말할 수도 없었다.

아무튼 그런 생명력에 오염된 마력이 흘러들게 되면 생명력에 타격을 받아 마력이 늘어나도 오히려 수명이 줄어들 수도 있었다.

혼탁한 마력은 생명력을 갉아먹고 오염을 시켜 세포를 파괴하는 힘이 있기 때문이다.

수한이 이런 사실을 알게 된 것은 전적으로 전생에 수한이 익혔던 마법 때문이었는데, 전생의 수한이 마법의 근간이 된 것도 생명체의 생로병사(生老病死)를 연구하는 네크로맨시 학파의 갈래인 라이프 포스 학파다.

이 라이프 포스 학파의 마법사들은 클래스를 높이기 위해 무리하게 이 오염된 마력을 쌓은 이들도 있었다.

처음에는 다른 마법학파보다 클래스를 올리는 데 월등했기에 많은 마법사들이 이 방법으로 마력을 키웠다.

이 때문에 라이프 포스 학파는 순식간에 이케아 대륙에 세력을 확장할 수 있었지만 화무십일홍이라 했던가. 무섭게 기세를 떨치던 라이프 포스 학파는 학파를 부흥시켰던 이것 때문에 오히려 많은 학파의 공격을 받아 멸망하게 되었다.

많은 학파의 마법사들이 라이프 포스 학파에서 알린 마력을 쌓는 방법으로 클래스는 높이다 부작용으로 불구가 되거나 심한 경우 죽기도 하였다.

부작용은 마나 트러블이라 불리게 되었는데, 특히 높은 클래스에 있던 마법사나 마도사들의 피해가 심하였다.

이는 몸에 많은 마력을 쌓고 있는 마도사들이 정상적인 클래스보다 많은 마력이 몸에 쌓이다 보니, 이를 통제하지 못하여 몸 안에서 마력이 폭주를 하였기에 벌어진 일이다.

이러한 사실을 알게 된 뒤로 각 학파의 마법사와 마도사들은 자신들이 잘못했다고 반성하기보다는 이러한 방법을 퍼뜨린 라이프 포스 학파에 죄를 전가해 그들을 무너뜨린 것이다.

이러한 학파의 역사가 있었기에 살아남은 라이프 포스 학파의 마법사들은 오염된 마나를 마력으로 혼합하는 것을 철저히 막았다.

사실 다른 학파의 마법사들만 이런 마나 트러블을 겪은 것이 아니라 라이프 포스 학파 내에서도 많은 고위 마법사들이 마나 트러블로 인해 유명을 달리했기에 다른 학파의 공격이 없더라도 빠르게 무너졌을 것이다.

아무튼 수한은 오염된 마나의 위험성을 누구보다 잘 알고 있었기에 몸에 마력을 축적할 때는 아주 세심하게 마나를 컨트롤 하였다.

더욱이 이 세상에는 자신이 마나 트러블을 겪을 때 도와줄 마법사가 아무도 없었기에 더욱 조심을 하였다.

두 시간이나 마나를 모으는 일에 매진을 하였지만, 모인 마나는 얼마 되지 못했다.

그리고 이렇게 얼마 되지 않은 마나도 깨끗하게 정제를 하고 나면 정말로 코딱지만큼도 되지 않았다.

'이렇게 마나를 모아서 언제 전생의 경지에 오르고 부모님을 찾아가지…….'

수한은 오전 수련을 끝내고 자세를 풀다 이런 생각을 하였다.

전생의 경지만 되찾으면 그 누구도 두렵지 않았다.

이 세상에는 마법이 없다는 것을 알았기에 든 생각이었으며, 이러한 목적이 없었다면 진즉에 친부모를 찾아갔을 것이다.

부모님께 효도를 하는 것은 자신이 마법 실력을 모두 갖춘 이후 안전이 확보되면 할 수 있다고 생각했다.

그래서 비록 현재는 불효를 하는 것일망정, 다시 누군가에

게 납치가 되거나 위험에 빠지면 부모님을 걱정하게 하는 일
이라 생각하며 마법에 매진했다.

하지만 갈 길은 멀고 모이는 마나의 양은 미비해 가슴이
답답했다.

'제길, 이 세상에 마나석이라도 있었으면 도움이 될 텐
데…….'

벌써 지리산에 들어온 지 9년이나 되었다.

하지만 수한의 경지는 겨우 3클래스 유저의 수준이었다.

마스터도 아니고 유저의 경지일 뿐이기에 수한은 아직도
멀었다는 생각이 들었다.

하지만 지구의 마나 분포를 생각하면 놀라울 정도로 수한
의 수련 속도가 빠른 것이다.

물론 그건 수한 본인도 잘 알고 있었다.

하지만 이미 7클래스의 경지에 들었던 경험이 있고, 또 8
클래스의 깨달음을 얻었으며, 9클래스로 가는 힌트를 얻은
수한이다.

그런 그에게 3클래스 유저의 경지는 정말이지 비교하는
것 자체가 미안한 일이다.

아무튼 이런 생각 후에 점심시간이 되었기에 현운사로 돌
아왔다.

그런데 현운사로 들어오던 수한은 현운사의 분위기가 무척

이나 분주함을 느낄 수 있었다.

평소의 현운사는 지리산 입구의 대사찰인 백운사의 분사였기에 스님으로는 자신의 의붓 할아버지가 되어 준 혜운뿐이란 것을 잘 알고 있었다.

현운사에 살고 있는 사람이라고는 주지이자 유일한 스님인 혜운과 자신의 양어머니인 최성희 그리고 본인뿐이다.

그런데 지금 현운사 안으로 들어서는 그의 눈에는 여러 사람의 모습이 들어왔다.

'어? 오늘이 모임이 있는 날인가 보구나!'

수한은 사람들의 모습을 확인하고 그들이 무엇 때문에 조용한 현운사를 찾았는지 깨달았다.

"안녕하세요."

수한은 현운사 안으로 들어서며 보이는 사람들에게 일일이 찾아가 인사를 하였다.

할아버지와 어머니 그리고 자신을 도와주는 고마운 사람들이기 때문에 인사를 하는 것이다.

그리고 이런 수한의 인사를 받으며 일부 어른들은 수한의 머리를 쓰다듬어 주시며 덕담을 해 주시거나 평소 먹지 못했던 과자를 주시기도 했다.

그런데 어느 순간 뭔가 느껴지는 것이 있었다.

'어? 어디서 마나가 느껴지는 것이지?'

수한은 어른들에게 인사를 하는 도중 어디선가 마나가 느껴졌다.

평소 느끼던 오염된 마나가 아니라 오염되지 않은 순수한 마나였다.

가까이서 느껴지는 이 순수한 마나로 인해 수한은 주변을 살폈다.

하지만 아무리 살펴도 수한의 눈에 마나가 있을 만한 것이 보이지 않았다.

조금 전 느꼈던 순수한 마나가 어디서 오는 것인지 보이지 않자 수한의 마음이 조급해졌다.

'어디지? 어디서 느껴지는 것이야!'

그것만 알 수 있다면 부족한 마나를 보충해 빨리 경지를 올릴 수 있을 것 같은데 마나의 근원을 찾을 수 없자 조급해진 것이다.

금방 사라진 그 순수한 마나의 행방을 찾기 위해 수한은 점심을 먹고 한 참을 찾아다녔다.

그리고 얼마 뒤 자신이 아까 느꼈던 순수한 마나를 풍기던 것의 근원을 찾을 수 있었다.

순수한 마나를 풍기던 것은 현운사를 찾은 방문객 중 한 명이 끼고 있던 가락지에서 풍기던 기운이었다.

나중에야 그것이 옥가락지란 것을 알게 되었고, 또 그것이 오래전부터 신비한 힘을 간직하고 있는 왕이나 권력자들에게 진상되었던 물건이란 것도 알게 되었다.

뭐 지금이야 돈만 있으면 구입할 수 있는 보석의 일종이긴 하지만, 아무튼 마나를 품은 물건을 이곳에서도 발견하게 된 것이 수한에게는 중요했다.

'저것만 있으면 경지를 올릴 수 있다.'

수한은 손님이 끼고 있는 옥가락지에 시선을 집중하며 주먹을 불끈 쥐었다.

◈   ◈   ◈

어린 시절 수한은 이 세계에도 마나를 품은 마나석과 같은 물질을 발견하고 그것이 옥이란 것도 알게 되었다.

순수한 마나를 품고 있는 옥을 이용한다면 빠른 시일 안에 전생의 실력을 찾을 수 있다는 생각에 옥에 대하여 알아보았다.

하지만 알면 알수록 수한은 자신이 세상을 너무 쉽게 생각했음을 알게 되었다.

마나를 품고 있는 보석이 아무리 마법이 없는 세계라고 하나, 싸게 거래될 것이라 생각했던 것이 정말로 어리석었다.

마나라는 것은 생명의 기운과도 아주 밀접한 관계를 가지고 있음을 누구보다 잘 알고 있는 수한이 그것을 놓친 것이다.

그나마 다행인 것은 수한이 본격적으로 혜원에게 무술을 배우기 시작할 무렵 공양이라면서 지킴이 회원 중 몇 명이 현운사에 보약을 지어 보냈다.

그런데 혜원은 자신에게 들어온 보약을 손자인 수한에게 먹였다.

이미 육체가 노쇠하여 약발이 받지 않을 것이니 차라리 어린 수한이 먹는 것이 더 좋을 것이라며 보약을 달여 먹였다.

수한은 당시 보약을 먹으면서 그 안에 들어 있는 엄청난 마나를 느끼며 깜짝 놀랐다.

아무튼 그렇게 경지에 올랐던 수한이 그동안 이 세상의 공부를 하면서 마법을 잊고 있었다.

마법이 없는 곳에서 마법을 사용한다는 것은 누군가의 이목을 끌게 된다.

수한은 누구보다 잘 알고 있었다. 기득권자들은 자신이 가지지 못한 것을 다른 사람이 가지고 소유하는 일을 참지 못한다.

자신이 뺏거나 아니면 아무도 갖지 못하게 부셔 버렸다.

그리고 그 과정에서 그들이 얼마나 잔인해질 수 있는지 누구보다 잘 알고 있기에 그동안 자신이 마법을 사용할 수 있다는 것을 철저히 숨겼다.

물론 아예 마법을 사용하지 않은 것은 아니다.

필요할 때마다 아무도 모르게 마법을 사용하기는 하였다.

그랬기에 어린 나이에 박사 과정을 수료하고 또 다른 학위를 취득할 수 있었다.

더욱이 그런 능력을 가지고 있는데 미국이란 나라가 쉽게 수한은 한국으로 돌아가는 것을 수락하지는 않았을 것이다.

수한은 자신을 붙잡으려는 미국의 여러 단체들을 따돌리고 한국으로 돌아왔다.

이 과정에서 수한은 몇몇 미국 고위 공무원들을 세뇌하였다.

그렇지 않았다면 수한은 아직도 미국 땅에서 한국으로 돌아오지 못했을 것이다.

아무튼 수한은 XK—3의 부족한 방어력을 해결할 방법을 찾아내자 본격적으로 XK—3를 설계하기 시작했다.

기본 디자인은 그대로 가져가기로 하였지만, 내부 설계는 다시 해야만 하였다.

실드 마법을 사용하기 위해선 마법진을 보이지 않게 그려야 할 것이며, 또 그것을 발동할 수 있게 만들기 위해선 또 다른 장치가 필요하였다.

그런데 이 장치란 것이 겉으로 보기에 사람들이 이해할 수 있는 것이어야만 하였다.

물론 그렇다고 다른 사람들이 그 장치를 뜯어 보고 복사를 할 수 있게 만들겠다는 것은 아니다.

말 그대로 겉으로 보이는 외양이 사람들이 수긍할 수 있을 정도로 디자인을 한다는 말이다.

마법을 사용할 수 있는 새로운 장치를 구상하고, 또 그것의 위치를 정해야 했다.

뿐만 아니라 수한은 이왕 마법을 XK—3에 적용을 하기로 계획한 김에 라이트 마법도 함께 적용하기로 하였다.

수한이 라이트 마법을 생각하게 된 것은 무거운 전차의 중량을 조금이라도 줄이기 위해서다.

그래야 기동성이나, 장갑의 두께를 더 늘려 방어력을 높일 수 있기 때문이다.

테스트를 해 봐야 하겠지만, 장갑을 그대로 두어 기동성을 높이는 타입이나, 아니면 속도를 늘리지 않는 대신 장갑의 두께를 늘려 방어력을 늘리는 것, 그리고 마법을 두 가지 적용하는 것이 아닌, 각각 실드 마법만 적용한 것과, 라이트 마법만 적용한 타입 등 다양하게 실험을 하려고 결심했다.

마법을 이용해 문제를 해결한다는 생각을 하자 이제는 몇 가지 테스트 할 것이 생각났다.

이것을 잘 체크한 수한은 일단 처음 생각했던 실드 마법과 그것을 운용할 수 있는 마법진을 설계하였다.

그리고 그다음으로 라이트 마법을 똑같은 방법으로 설계를 하고는 마지막으로 두 가지 마법을 사용할 수 있는 마법진을 설계하였다.

마법은 두 가지이지만, 설계는 이렇게 세 종류를 하여 테스트를 하기로 하였다.

설계를 마친 수한은 이것을 자신이 직접 만들어 테스트를 하기로 하였는데, 그것은 마법을 이해할 수 있는 사람이 아무도 없기 때문에 어떤 일이 벌어질지 아무도 장담할 수 없기 때문이다.

막말로 돈에 눈이 어두워 미국이나 주변 강대국에 팔아먹을 수 있었다.

물론 설계도를 판다고 해서 자신이 생각한 물건을 만들어 낼 수 있는 나라는 없었다.

아니, 설계도를 보고 그린다면 충분히 만들 수는 있을 것이지만 작동은 시키지 못할 것이다.

그 이유는 수한만이 지구 유일의 마법사이기에 우선 장치에 마법을 활성화 할 수 있게 최초 운영을 마법사인 그가 해야만 하기 때문이다.

마법이 마법사가 주문을 외우고 발동을 하듯 마법진도 최초 운영은 마법사가 마법 주문을 통해 가동을 시킨다.

그러고 난 뒤 일반인도 사용할 수 있게 마나가 담긴 키를 이용해 마법을 시전 하는 것이다.

그러니 비밀이 알려져도 상관은 없었지만, 수한이 꺼려 하는 것은 마법진을 설계한 사람이 자신이란 것이 알려질 때 발생할 문제를 걱정하는 것이다.

대한민국은 세계에서 10위 안에 들어가는 군사력이 강력한 국가 중 하나다.

하지만 그럼에도 국제적으로 호구로 통하는 이유는 한국을 둘러싼 중국, 러시아, 미국, 일본 이 나라들이 강대국들이기 때문이다.

그러니 자신들이 강한지 알지 못하고 동남아시아 국가나 중동이나 아프리카 제3세계 국가들과 비슷하다 생각하고 있기에 국제 호구 취급을 받는 것이다.

즉, 자신들이 힘이 없다고 느끼기에 강대국이 뭐라 해도 수긍하기 때문에 그런 대접을 받는다.

수한은 이런 한국이 정말로 창피했다.

전생에 행복하지 못했기에 가족의 행복을 알게 한 사람들이 살고 있는 한국이 무시를 당하는 것을 참을 수가 없어 이렇게 군사 무기 쪽에 도움이 되는 공부만 하였다.

물론 다른 쪽도 공부를 하여 학위를 받기는 하였지만, 그래도 가장 집중한 것은 방위 산업 쪽의 연구였다.

사실 현대 사회에서 많은 직업이 있지만 갈수록 규모가 줄어드는 산업이 있다.

 인류가 멸망하지 않는 이상 없어지지 않을 산업이기는 하지만, 그렇다고 예전처럼 부흥할 산업도 아닌 산업, 그것이 바로 방위 산업이다.

 인류는 1차 대전과 2차 대전을 겪으며 자국에 적대하는 국가를 막기 위해, 그리고 무찌르기 위해서 많은 돈을 투자해 무기를 개발하였다.

 미국과 소련을 대립 점으로 자유 민주주의 국가와 사회 공산주의 국가의 시대가 열리면서 양측은 엄청난 비용을 들여 무기 개발에 힘썼다.

 2세기 전만 해도 인류는 화살을 쏘고 칼로 전쟁을 하였다.

 그러다 총기가 개발이 되고 무거운 갑옷을 벗어 버리면서 무기의 발전이 시작되었다.

 아니, 발전은 그전에도 있었지만 이렇게 급격하게 발전을 하는 경우는 처음이었다.

 그래서 이전의 전쟁사를 냉병기가 주축을 이루는 전쟁사였다면, 총기와 화포가 개발되면서 전쟁의 양상이 바뀌었다.

 이전 성벽은 방어하는 측면에서 아주 유용한 수단이었지만, 화포와 총이 발명되면서 그러한 것은 사라졌다.

 아니, 오히려 성이란 것에 고립이 되어 고사당하는 처지에 이르렀다.

 그리고 화포가 발전하면서 이제는 옛 개념에서 벗어나 한 번에 얼마만 한 피해를 줄 수 있는지, 그리고 목적에 의해 화포도 당양하게 발전하였다.

 하지만 그렇게 많은 예산을 투자해 오던 나라들이 이제는 과도하게 발전한 무기 때문에 군의 규모를 줄이기 시작했다.

 군대란 소비 집단이다. 그런 군대의 규모가 클수록 군대를 뒷받침할 그 나라의 경제 규모도 커야만 한다.

 현대의 모든 것은 예산으로 돌아간다.

 그 때문에 과도하게 발전한 무기를 구입하는 것도 예산이 고 군대의 규모를 정하는 것도 예산이다.

 그러다 보니 경제 규모에 맞는 적절한 군대와 장비의 선택 이 중요하게 대두되었다.

 물론 북한처럼 경제 규모와 상관없이 선군정책으로 국민들 이야 죽거나 말거나 군사력 확충에 힘쓰는 나라도 있기는 하 지만, 그런 비정상적인 나라를 뺀 다른 나라에서는 예산을 생각하지 않을 수 없었다.

 지구상 최강의 군사력을 가진 미국도 점점 군인들의 숫자 를 줄이고, 많은 비용이 들어가는 해외파병도 줄이고 있다.

 뿐만 아니라 최신 장비의 도입도 그 수량을 제안하고 있 다.

GREAT
그레이트 코리아
NOREA

그동안 미국은 엄청난 경제력을 바탕으로 군사력 확충을 위해 최첨단 무기들을 개발에 도입하였다.

하지만 장기간 계속되는 경제 침체로 무조건적인 도입에서 물러나 적정한 규모의 무기 도입과, 기존 장비들을 유지 보수 하는 쪽으로 예산을 편성하는 추세다.

국방 예산 천조 원을 사용하는 미국이 이럴진대 사십조 원을 사용하는 한국은 어떻겠는가.

그나마 정상적으로 국방 예산이 처리된다면 다행이지만 이마저도 각종 비리로 새고 있었다.

위에서 비리를 저지르니 그 아래 관리자들도 어떻게 하면 세금을 빼돌릴까 궁리를 하는 처지다.

그러다 보니 국가 산업도 영향을 받고, 그 속에서도 비리로 얼룩져 가고 있는 것이 이 대한민국이란 나라였다.

수한이나 혜원, 그리고 지킴이 회원들이 막으려는 일이 바로 그것이다.

정말로 이런 애국심이 없었다면 수한은 방위 산업과 관련된 학위를 취득하지 않고 자신의 능력을 최대한 발휘할 수 있는 의학 분야에만 몰두했을 것이다.

전생에 그가 알고 있는 약만 이곳에서 만들어 팔아도 수한은 일반인이 감히 상상도 하지 못할 돈을 벌어들일 것이 분명했다.

실제로도 2년 전 라이프 제약에서 발매한 외상치료제 뉴 라이프는 현재 엄청나게 팔려 나가고 있다.

국내뿐 아니라 외국에 수출을 시작해 그 금액만 하여도 연간 1억 달러를 가뿐히 넘기고 있다.

단일 품목으로는 최고 금액이 아닐 수 없었다.

그리고 올해는 그 규모가 더욱 늘어날 전망이다.

그 이유는 밀려드는 주문으로 공장을 늘렸기 때문이다.

정말이지 획기적인 상품 하나가 무너져 가던 회사를 중견 기업 정도로 확장시킨 것이다.

더욱이 외상치료제 뉴 라이프에 이어 자양강장제인 활력이 발매되면서 이윤은 더욱 늘었다.

수한은 라이프 제약에 활력의 농도를 진하게 한 활력—P를 올 연말에 내놓을 계획이다.

이렇듯 수한이 돈을 벌려고 하면 편하게 더 많은 돈을 벌 수 있는 기반이 있었다.

그런데 마법을 사용한 것 때문에 미국이나 러시아, 중국 등 주변 강대국의 감시를 받고, 위협을 받게 될 것이 분명한데, 한국은 이들에게서 수한이나 그 가족을 지켜 주지 않을 것이다.

아니, 어쩌면 지켜 주려는 이들이 있을 수도 있다.

하지만 그렇지 않고 외면하거나 아니면 그들의 앞잡이가

되어 자신의 이득을 취하려는 이들이 대부분일 것이다.

◆　　　◆　　　◆

널따란 테이블 위 자질구레한 잡다한 물건들이 놓여 있었다.

그런데 그 테이블 위에 가장 눈에 띄는 것은 가로세로 30*30*10㎝의 철로 된 상자였다.

이 상자는 수한이 몇 달 전 생각한 마법진과 그 운용 장치를 결합한 것이다.

수한은 자신의 연구실에서 누구의 도움도 받지 않고 마법 발생 장치를 만들었다.

마법 발생 장치는 아직 실험 단계라 누가 확인하기 위해 뜯어 볼 수도 있지만, 들여다봐야 알 수 없는 것이라 그냥 두었다.

나중에 천하 디펜스에서 준비 중인 시험 기체가 XK—3에 채택이 된다면 지금 만들어 둔 마법 발생 장치 중 하나를 본격적으로 생산할 것이다.

사실 이 마법 발생 장치 한 개를 만드는 비용도 상당해, 세 가지 버전 전부를 만들기에는 국내 생산되는 옥의 수량이 많이 부족했다.

단일 마법진이 들어간 장치에는 상급 옥이 열 개가 들어간다.

그렇지만 실드 마법과 라이트 마법 두 가지를 넣은 발생 장치에 들어가는 상급 옥의 수량은 무려 서른 개, 즉, 마법진 한 개를 운용할 때보다 세 배나 들어갔다.

산술적으로 두 개의 마법이니 두 배인 스무 개가 들어가야 하는 게 맞는 것처럼 보이지만 실상은 그렇지 않았다.

서로 다른 마법을 동시에 운용하기 위해선 더 많은 마나가 필요했다.

그리고 많은 마나뿐 아니라 두 마법이 충돌하는 것을 방지하기 위해 소모되는 마나도 있어 세 배나 들어가게 된 것이다.

이것은 수한도 예상하지 못했던 것으로, 수한이 예상한 숫자는 두 개에서 최대 다섯 개 정도였다.

하지만 옥은 이케아 대륙에 있던 마나석과는 비슷하면서도 달랐다.

마나를 품고 있는 것은 같지만, 마나를 발산하고 소모하는 량이 미세하게 달랐던 것이다.

그래서 예초 수한이 예상했던 숫자에서 오버되었다.

"음…… 마법진을 두 개를 넣는 것 보다는 한 개만 넣는 것이 경제적이군!"

자신이 만든 마법 발생 장치를 보며 그동안 이것을 만들면서 적어 놓은 자료들을 살피며 그렇게 중얼거렸다.

수한은 자신이 만든 마법 발생 장치를 들고 차체시험장이 있는 곳으로 향했다.

"수고하십니다."

수한은 차체시험장에 도착하자 XK—3의 차체로 쓰일 시험기체에 달라붙어 조립을 하고 있는 연구원들에게 인사를 하였다.

연구원들이 XK—3의 차체를 조합하는 것은 전적으로 수한이 요구하였기 때문이다.

이미 연구원들에게 능력을 인정받았고, 또 이번 XK—3를 적극적으로 밀고 있는 정대한 회장의 전폭적인 지지를 받는 수한의 요구였기에 두말없이 시험 기체를 조립하는 중이다.

"박사님, 그런데 포탑도 조립합니까?"

차체를 조립하고 있던 연구원 중 한 명이 수한을 보며 물었다.

"아닙니다. 오늘은 장갑 방어력 측정을 위한 실험을 하기 위해 조립하는 것이니 굳이 포탑까지 조립할 필요 없습니다."

수한은 방어력 테스트를 위한 것이니 포의 필요가 없다는 말을 하였다.

"그럼 엔진도…….”

"아닙니다, 엔진은 설치하셔야 합니다."

연구원이 방어력 테스트라는 말에 그럼 힘들게 넣은 엔진도 꺼내야 하는 것인가, 하는 생각에 질문을 하려고 했는데, 수한은 말을 자르며 먼저 요구했다.

자신의 연구실에서 마법 발생 장치를 활성화 해 오기는 했지만, 나중에 이 장치를 전차에 설치를 한 뒤 마법을 모르는 사람이 운용을 해야 한다.

그래서 일부러 마법 발생 장치를 수한이 활성화 하면 그 뒤로는 엔진에서 발생하는 동력으로 마법을 활성화 시킬 수 있게 마법진을 구성하였다.

사실 실드 마법이나 라이트 마법만 생각하면 마나석에 해당하는 옥이 그렇게 많이 필요하지도 않았다.

하나 옥이 많이 들어가는 이유는 전적으로 마법을 모르는 사람도 운용할 수 있게 만들기 위해서였다. 엔진에서 전달되는 전력을 마나로 치환시키는 마법진을 설치했기 때문이다.

그래야 마법을 모르는 일반인도 실드 마법이나 라이트 마법을 가동시킬 수 있게 된다.

"박사님, 그런데 지금 들고 오신 그것이 말씀하신 비장의 무기입니까?"

차체를 조립하던 연구원 중 가장 선임인 황유석 박사가 수한에게 물었다.

이미 수한이 무엇을 연구하고 있는지 정확한 것은 아니지만 모두 알고 있었다.

그렇기에 수한이 뭔가 들고 시험장에 나타나자 물은 것이다.

"맞습니다. 이건 반(反)중력 장치의 일종으로, 무게를 10% 정도 줄여 줍니다. 그리고 이건 배리어 발생 장치로 일종의 에너지 막을 형성해 방어막을 만듭니다. 그리고 이건 이 두 가지를 합쳐 놓은 것입니다."

수한의 설명이 계속되자 자리에 있던 연구원들의 눈이 동그래졌다.

오래전 공상과학 만화에나 등장하던 단어가 지금 수한에게서 들려왔기 때문이다.

완벽한 반중력 장치는 아니지만, 무게를 1/10이나 줄여 주는 장치를 만들고, 또 하나는 에너지 방어막이란다.

이 얼마나 황당한 소린지 정신을 차릴 수가 없었다.

연구원들은 지금 수한이 자신들을 상대로 농담을 하고 있는 것은 아닌가 하는 생각마저 들었다.

하지만 너무도 진지한 수한의 표정에 연구원들은 어떤 말을 해야 할지 할 말을 찾을 수가 없었다.

"자자, 처음 하는 실전 실험이니, 화포 연구소 사람들에게도 연락해 주십시오. 이참에 화포 연구소에서 개발한 XK—3의 주포도 실험해 보겠습니다."

수한은 자신을 보며 놀라고 있는 연구원들을 독려하며 분위기를 띄웠다.

연구원들은 수한의 진두지휘를 받으며 빠르게 차체를 준비하기 시작했다.

그리고 수한은 연구원들이 차체를 조립하고 있을 때, 차체 안으로 들어가 가지고 온 마법 발생 장치 중 우선 실드 마법을 발생시키는 장치를 설치하였다.

아직 라이트 마법 발생 장치는 차체 방어력 테스트가 완벽하게 끝난 상태에서 설치할 예정이기에, 시기적으로 이후에 테스트를 할 예정이다.

6.
성능 실험

파주 국방 연구소 산하 화포 실험장.

군에서 전력 향상을 위해 운영 중인 이곳 화포 실험장은 사실 극비 실험장이다.

인가된 사람들 외에는 접근이 금지된 곳이기도 하다.

그런데 평소에는 비어 있는 이곳에 무수히 많은 사람들이 분주하게 움직이고 있었다.

"야! 조심해!"

하얀 연구원 복장을 한 사람들이 한쪽에서는 새로 개발한 것인지 도장(塗裝)도 되어 있지 않은 포(砲)를 거치하고 있었다.

그리고 그와 1㎞ 정도 떨어진 곳에 대포의 표적으로 보이는 물체가 놓여 있었다.

그런데 이번 포사격은 실전 목표물 타격 실험인지, 표적은 실물 크기의 물체였다.

천하 디펜스 화포 개발 주임인 박격포는 포신을 거치대에 고정을 시키며 자신의 보조를 하고 있는 이응표 연구원에게 물었다.

"화력 시험은 며칠 전에 끝냈잖아? 뭔데 다시 꺼낸 거야?"

"그걸 전들 알겠습니까? 위에서 하라니 하는 거죠."

선임의 물음에 이응표는 조금은 짜증난 말투로 대답을 하였다.

그도 그럴 것이 화포 개발팀의 실험은 며칠 전 끝났다.

개발부장이나 화포 성능 실험을 참관하던 회사 고위 인사는 물론이고, 군 관계자들도 성공적인 화포 개발에 축하를 했었다.

신형 전차포를 성공적으로 개발한 것에 고무된 사장의 지시로 금일봉과 함께 특별 포상을 받았다.

그동안 신형 전차포 개발에 휴가도 없이 고생한 것에 대한 보상 차원에서 30일이란 장기 포상이었다.

그런데 달콤한 휴가를 즐기던 화포 개발팀에 복귀하라는 명령이 떨어진 것이다.

그 때문에 이곳 국방 연구소 산하 화포 실험장에 출근한 연구원들은 인상을 쓰며 연구소 창고에 봉인했던 전차포를 꺼내 수입하고 성능 실험을 하던 거치대에 거치를 하였다.

더욱이 신형 전차포는 130㎜ 신형 포탄을 사용한다.

아직 양산이 된 것이 아니기에 한 발을 발사하기 위해선 복잡한 절차를 거쳐 무기고에서 꺼내 와야만 하였다.

사실 신형 전차포뿐만 아니라 이 신형 130㎜ 포탄도 아직까지 극비에 속하는 물건이기에 수령을 하는 것도 참으로 복잡했다.

이런 모든 일을 휴가 중 복귀해 작업을 해야 한다는 것에 짜증이 난 것이다.

두 사람이 이렇게 뭐가 궁금한 것인지 떠들고 있을 때, 차체를 1㎞ 전방에 가져다 두고 온 차체 개발팀의 황유석 박사가 다가와 말을 걸었다.

"박격포 박사님, 준비 다 되셨습니까?"

"아, 황 박사! 오랜만이야!"

"아, 예. 그런데 준비는 다 되신 겁니까?"

황유석은 화포 개발팀의 주임인 박격포에게 말을 걸었다가 그가 인사를 해 오자 간단하게 인사를 받으며 다시 물었다.

그런 황유석의 모습에 박격포는 얼른 대답을 했다.

"준비는 다 됐고, 오늘 사용할 포탄만 수령해 오면 준비

끝이다. 그런데 황 박사 무슨 일인데 휴가 중인 우릴 부른 거야?"

"그러게 말입니다. 개발을 끝내고 그 포상으로 휴가 잘 보내고 있는 우리 화포 개발팀을 무엇 때문에 부른 겁니까? 누가 화포 성능을 의심합니까?"

이응표는 자신의 선임인 박격포가 차체 개발팀 선임 연구원인 황유석과 이야기를 하고 있자 슬쩍 껴들어 그렇게 물었다.

진짜로 신형 전차포를 개발한다고 밤낮없이 연구에 매달리는 바람에 그동안 가정을 소홀하게 되었다.

아침 일찍 출근해 밤늦게 집에 들어가니 한창 재롱을 부릴 나이의 딸까지 자신의 얼굴을 알아보지 못하고 낯을 가렸다.

더욱이 밤낮으로 신형 전차포 개발에 몰입을 해서 그런지 부부 관계도 소홀하게 되어 부부 관계도 휘청거리고 있었다.

이를 만회하기 위해 회사에서 나온 포상금에서 상당 부분 아내와 딸의 선물을 사는 것에 사용하였다. 거기다 남은 돈은 오랜만에 가족끼리 오붓하게 여행을 갔는데, 이번 일로 일찍 가족 여행을 끝내게 돼 아내와 딸의 표정이 좋지 못했다.

이 때문에 이응표의 말도 곱게 나오지 못한 것이다.

그러면서도 혹시 예전처럼 국회의 국방위에 있는 이들 중

에 자신들이 개발한 신형 전차포의 성능에 대하여 의심을 하
는 것은 아닌가, 하는 생각에 물었다.

"아, 그건 아니야! 이번에 우리 차체 개발부에서도 어느
정도 성과가 있어서 그것을 실험하기 위해 부른 것이야."

"뭐라고요?"

"뭐? 그게 정말이야?"

황유석의 대답에 처음 반응을 보인 것은 이응표였고, 그와
비슷하게 박격포가 반응을 보였다.

그런데 두 사람이 황유석의 말에 반응을 하면서도 보인 태
도는 180도 달랐는데, 이응표는 차체 개발부의 연구 성과를
알기 위해 휴가를 간 자신들을 부른 것에 항의의 표시를 했
다.

하지만 화포 개발팀의 주임인 박격포의 반응은 그와 달랐
다.

방금 황유석이 말한 것을 자세히 들여다보면 이전에 개발
한 차체의 장갑을 실험하는 것이었다.

실험을 위해 그동안 화포 개발팀에서 개발한 130㎜ 신형
전차포를 사용하지 않고, 이곳 화포 실험장에 있는 120㎜
전차포를 가지고 실험을 했었다.

그런데 방금 전 자신들이 개발한 130㎜ 신형 전차포로
실험을 한다는 말을 들었으니 이 얼마나 놀라운 말인가.

그 말을 뒤집어 보면 차체 개발도 거의 완성 단계에 이르렀다는 말이나 마찬가지였다.

사실 전차나 군함의 경우 장갑 성능 기준이 자신의 주포에 견딜 수 있어야 한다는 것이다.

그래서 천하 디펜스에서도 그러한 기준으로 무기를 개발하고 있었다.

그러니 방금 전 황유석의 말을 인용한다면 차체에 올릴 130㎜ 신형 전차포로 직접 실험할 정도로 차체 장갑이 완성되었다는 것이다.

"우리가 개발한 전차포를 견딜 수 있다는 말이야?"

"그건 아직 모르겠습니다. 하지만 정수한 박사가 자신하는 것을 보면 완성한 것도 같고……."

황유석은 박격포의 물음에 뒷말을 흐렸다.

사실 그가 생각하기에 수한이 말한 것이 솔직히 믿기지 않았다.

에너지 실드는 이론적으로야 가능하지만, 그것을 만들기 위해선 넘어야 할 산이 있었다.

그건 바로 에너지 실드에 들어가는 엄청난 양의 에너지였다.

길이 9.78m, 폭 3m, 높이 2m의 전차를 반구형으로 둘러쌀 정도의 에너지 실드를 형성하려면, 얼마나 많은 에너지를 발생해야 할지 쉽게 계산하기도 힘들다.

그런데 작은 상자—마법 발생 장치— 하나 붙인다고 엔진에서 생산하는 전력으로 에너지 실드를 만든다는 수한의 말을 믿을 수 없었다.

겉으로야 그런가 보다 하고 넘어갔지만, 과학자인 그가 느끼기에는 수한의 말이 너무도 황당무계하게 다가왔다.

자신이 개발한 것이 아니기에 황유석은 말끝을 흐리며 이들에게서 멀어졌다.

한편 방금 황유석이 하고 간 말을 곱씹은 이응표와 박격포는 멀어지는 황유석의 뒷모습을 보며 많은 생각을 하게 되었다.

"박 주임님!"

"왜?"

"그런데 실험 끝나면 휴가 다시 줄까요?"

멀어지는 황유석의 뒷모습을 보며 생각에 잠겨 있던 박격포는 느닷없는 이응표의 말에 어이가 없었다.

이 와중에 잘린 휴가에 대한 질문을 하다니 참으로 개념이 없는 후배였다.

"넌 이 순간에 그런 말이 하고 싶냐?"

개념 없는 후배에 대하여 훈계를 해 봤지만 이응표의 생각은 너무도 단단했다.

"뭐, 차체 개발팀이 개발을 끝냈으면 좋은 것 아닙니까? 혹시 개발 완료했다고 우리처럼 휴가를 주는 것 아닐까요? 저희는 중간에 잘렸는데……."

사실 이응표가 박격포에게 정작 하고 싶은 말이었다.

중간에 휴가가 잘려 이곳에 올 수밖에 없었던 자신들의 휴가를 회사에서 다시 챙겨 줄 것인가, 하는 그것이 가장 궁금했던 것이다.

하지만 주임이라고 하지만 박격포도 그런 문제를 알 수 있는 위치는 아니었다.

말이 좋아 주임이지 일선에서 직접 뛰는 엔지니어일 뿐이다.

즉, 관리자가 아니란 소리다.

그러니 잘린 휴가를 다시 갈 수 있을지, 없을지는 박격포도 몰랐다.

"몰라, 자식아! 일이나 똑바로 해!"

자신도 모르는 질문을 하자 괜히 화가 난 박격포는 질문을 한 이응표에게 짜증을 내며 소리쳤다.

"다 했지 말입니다."

이미 다른 사람들이 두 사람이 황유석과 이야기를 하고 있을 때 전차포의 거치를 완료했다.

◈　　◈　　◈

　화포 실험장 통제실에 있던 수한은 안으로 들어서는 황유석을 보며 물었다.

　"어떻게 되었습니까?"

　"화포팀은 준비가 완료되었습니다. 포탄이 도착하면 시험에 들어가도 됩니다."

　직접 전차포가 거치된 곳을 다녀온 황유석은 자신에게 물어 오는 수한의 질문에 답을 하였다.

　황유석의 보고를 받은 수한은 오늘 실험을 총괄 지휘하는 김장군 전무에게 보고를 하였다.

　"전차 포탄이 준비되면 테스트를 시작하지요."

　원래라면 이 자리에 김장군 전무가 아닌 정명환 회장이 와 있어야 하지만 천하 디펜스 회장이 회사의 다른 업무를 뒤로하고 직접 차체 방어 테스트를 관장하는 것은 말도 되지 않는 소리였다.

　천하 디펜스가 구멍가게도 아니고, 회장이 직접 관장한다는 것은 있을 수 없는 일이다.

　만약 모든 부분의 개발이 완료되어 통합해서 시험을 한다면 모르겠지만 말이다.

　아무튼 그래서 정명환 회장 대신 육상 무기 개발 담당인 김장군 전무가 이번 테스트를 지휘하기 위해 함께하였다.

수한이 전차 개발 수석 연구원으로 있기는 하지만, 나이가 있기에 총괄 지휘하는 사람은 회사에 직위가 있는 김장군이었다.

내부적으로는 이미 수한이 정대한의 손자이자, 정명환 회장의 조카란 사실은 공공연한 비밀이었다.

그리고 연구원들 사이에서는 수한이 의무 복무 기간만 끝나면 이곳 천하 디펜스로 들어올 것이라 알려졌기에 다른 연구원들도 수한이 이번 전차 개발 프로젝트의 수석 연구원이 된 것에 별다른 반발을 하지 않았다.

사실 처음 수한은 그저 천하 디펜스에서 진행하는 신형 전차 개발 프로젝트에 협력하는 서울시스템의 파견 연구원들 중 대표였을 뿐이다.

하지만 프로젝트가 진행이 되면서 많은 부분 수한이 설계를 하고 조언을 하다 보니 어느 순간 수한의 위치는 지금에 이르게 되었다.

이 때문에 중간에 수한이 이곳저곳에 참견을 한다며 반발도 있었지만, 정명환 회장의 설명을 들은 연구원들은 모두 수긍할 수밖에 없었다.

관련 박사 학위는 물론, 연구 논문이나 또 직접 설계했던 무기들, 그리고 이번 전차 개발 프로젝트에 필요한 디자인이나, 설계 등, 어느 누구도 따라갈 수 없을 정도로 뛰어났다.

작은 소란은 있었지만 수한의 능력을 눈으로 확인한 천하 디펜스의 연구원들은 더 이상 수한에 대한 말을 하지 않았다.

―화포 개발팀 준비 완료되었습니다.

통제실 스피커에 화포 개발팀에서 무전이 들려왔다.

"전무님! 테스트 준비 완료되었습니다."

"그래, 그런데 말이야…… 저걸로 시험을 해도 괜찮겠나?"

김장군은 수한의 보고에 조금 의문이 들어 물었다.

아직까지 800m에서 120㎜ 포에 대한 방어 테스트에 통과한 장갑이 없었다.

그런데 120㎜ 포에 대한 시험도 하지 않고 바로 130㎜ 신형 전차포로 테스트를 한다는 것에 김장군은 우려를 표했다.

신형 전차포를 한 번 시험에 동원하는 비용도 비용이지만, 신형 포탄의 생산 비용도 아직까지 엄청난 가격을 요했다.

물론 전차포가 개발 완료되었으니 포탄은 계속해서 생산이 되겠지만, 아직까지 그 단가가 쉽게 동원될 정도로 낮은 게 아니다.

아무튼 이런 김장군의 우려에도 수한은 자신 있는 표정으로 대답을 하였다.

"괜찮을 것입니다. 그리고 오늘 시험이 통과된다면 몇 가지 더 버전을 만들어 시험을 해 보겠습니다."

"뭐요?"

비록 나이는 어리지만 수한의 말에 김장군은 할 말을 잊었다.

그냥도 아니고 또 다른 버전이 있으며, 그것을 시험하겠다는 수한의 말에 기가 막혔다.

무기 개발에 많은 비용이 들어간다.

그렇기 때문에 처음 무기를 개발할 때는 여러 가지 버전을 만들어 개발하기보다는 프로토 타입, 즉, 원형 한 가지를 개발하고, 그후 업그레이드 겸 해서 새로운 버전을 만드는 것이 일반적이다.

그런데 지금 수한은 벌써부터 버전을 만들어 시험을 하려고 하고 있었다.

"정 박사, 그건 이번 시험이 끝난 뒤 논의하는 것이 어떻겠나?"

나이나 직급이 높은 김장군이지만 총괄 회장인 정대한이나 그룹 회장인 정명환이 수한을 어떻게 생각하는지 잘 알고 있기에 함부로 하지 못하고 반 공대를 하며 말하고 있었다.

"전무님, 어차피 저희가 개발하는 전차는 세계 최고가 될 것입니다. 그런데 수량이 한정된 국내에만 판매를 하시겠습니까? 우리도 미국이나 러시아처럼 몇 천 대씩 수출을 하는 것이 어떻습니까? 그러기 위해선 미리 여러 가지 버전을 만들어 시험을 해 봐야 하지 않겠습니까?"

수한의 미국이나 러시아의 압력에 밀려 그동안 대한민국이 무기 수출을 할 때 직접 무기를 판매하기보다는 기술을 판매한 것을 꼬집었다.

그러니 이번에는 미리 준비를 하여 미국이나 러시아처럼 직접 물건을 판매하자는 말을 하였다.

확실히 기술을 파는 것 보다도 물건을 파는 것이 핵심 기술의 유출을 막을 수 있었다.

뿐만 아니라 가격 면에서도 무기를 판매하는 것이 더욱 높은 가격에 팔 수 있었다.

물론 부분 기술 이전은 해 줘야 하겠지만 그건 한국도 선진국의 무기를 도입할 때 문구에 넣는 조항이었다.

"응⋯⋯."

수한의 이야기를 들은 김장군은 생각지도 못했던 수한의 대답에 깜짝 놀라 할 말을 잃었다.

설마 거기까지 생각하고 있을 줄은 김장군은 상상하지도 못했다.

"뭐, 일단 전무님의 말씀대로 이번 테스트가 성공적으로 끝나면 다시 논의해 보죠."

수한은 일단 김장군의 말에 수긍을 하였다.

실드 마법을 이용한 방어력 향상 테스트가 성공을 한 다음 논의해도 되는 문제였기에 일단 오늘 시험에 충실하기로 하였다.

위잉! 위잉!

테스트를 시작한다는 경고 사이렌이 시험장 전체에 울려 퍼졌다.

―일 분 뒤 포사격을 실시하겠습니다. 시험장 내에 있는 사람은 안전한 대피소로 대피해 주시기 바랍니다.

화포 시험장 전역에 설치되어 있는 야외 스피커에서 사이렌과 함께 경고 방송이 울려 퍼졌다.

경고 방송을 들은 사람들은 인근에 마련된 대피소로 몸을 숨겼다.

"지금부터 시험 기체 장갑 방어력 시험을 실시한다."

김장군은 마이크에 대고 소리쳤다.

그의 말이 스피커를 통해 시험장에 울려 퍼지고 시험장에 있는 사람들의 표정이 긴장감으로 굳어졌다.

"화포 개발팀 준비되었나?"

―완료되었습니다.

스피커를 통해 화포 개발팀 주임인 박격포의 보고가 들려왔다.

"그럼 내 지시에 따라 최초 전면 사격, 측면 사격, 후면 사격을 하겠다."

―수신 완료!

김장군 전무의 말이 떨어지기 무섭게 사격을 준비하고 있는 화포 개발팀의 박격포 주임의 보고가 들어왔다.

그 말은 김장군의 말을 제대로 알아들었다는 말이었다.

화포 개발팀과의 교신을 마친 김장군은 시계를 돌아보았다.

초침이 12시를 가리키자 발사 명령을 내렸다.

"발사!"

―발사!

김장군의 명령에 화포 개발팀에서도 복명복창이 들려왔다.

포사격에서는 한 치의 실수가 인명 손실로 이어질 수 있기에 명령을 받으면 제대로 숙지하고 있는지 알 수 있게 복명복창을 하게 되어 있었다.

쾅!

저 멀리 보이는 신형 전차포가 포탄을 발사하였다.

엄청난 소음과 함께 포신에서 섬광이 번쩍였다.

지금이 비록 낮 시간이었지만, 130㎜ 포에서 터져 나온 불꽃은 지켜보는 사람들의 눈을 한순간 하얗게 밝혔다.

너무도 밝았던 전차포 불꽃 때문에 멀리 떨어져 있는 표적의 상태를 확인할 수가 없었다.

"대기!"

―대기!

대기하라는 명령이 떨어지자 화포 개발팀은 전차포에서 떨어졌다.

"감적팀! 표적 확인!"

통제실의 명령에 표적 근처 감적호에 숨어 있던 사람들이 밖으로 나와 표적이 되었던 차체를 확인했다.

―이상 무!

"그게 무슨 말인가?"

김장군 전무는 표적을 확인한 감적팀의 보고에 의문을 나타냈다.

그런 김장군의 물음에 감적팀에서 보고가 들려왔다.

―표적에 탄착 흔적이 없습니다.

"다시 한 번 확인하기 바란다."

도저히 믿을 수 없었던 김장군은 다시 한 번 확인해 볼 것을 지시하였다.

수한에게 이번 실험에 대하여 사전에 설명을 듣기는 하였지만, 정말로 그런 시험이 성공을 했을 것이라고는 생각지 못했다.

—탄착 흔적 없습니다.

그런데 다시 들려온 감적팀의 보고에 김장군은 물론이고, 통제실에 있던 많은 사람들이 놀란 눈으로 수한을 돌아보았다.

설마 정말로 에너지 실드가 작동을 했을 것이라고 아무도 예상하지 못했기 때문이다.

전차포의 섬광 때문에 표적이 맞았는지 볼 수 없었던 김장군은 얼른 시험을 녹화하고 있던 카메라를 돌렸다.

빠르게 되감기를 하고 천천히 재생이 되는 화면 속에 최초 포탄을 발사하는 전차포의 모습이 보였다.

그리고 느린 화면으로 1㎞ 떨어진 곳에 있는 표적에 명중을 하는 모습이 포착되었다.

그런데 포탄은 표적 근처까지 날아가다가 무언가 투명한 막에 부딪힌 것인지 폭발해 버렸다.

이번 시험에 사용된 포탄은 대전차 고폭탄으로 탄두 내부에 화약이 들어 있는 탄이었다.

표적에 닿기도 전에 투명한 막에 부딪혀 폭발하는 탄두를 보며 화면을 지켜보던 사람들은 자신의 눈을 의심했다.

영화에서나 나옴직한 장면이 화면에 딱 하니 송출되고 있었다.

그런 장면을 확인한 이들은 화면을 보면서도 어떤 말도 할 수가 없었다.

"전무님, 테스트를 계속 진행을 해야 하지 않겠습니까?"

아직까지 놀라 정신을 차리지 못하고 있는 김장군을 보며 수한이 한마디 하였다.

이제 겨우 초탄을 발사한 것이다. 앞으로 측면 사격과 후면 사격이 남아 있었다.

하지만 곧 두 실험이 쓸데없는 일이란 것을 알게 되었다.

"정 박사님!"

"네?"

수한은 시험을 계속 진행하려고 하였는데, 이때 황유석이 수한을 불렀다.

그에 대답을 한 수한에게 황유석이 자신의 생각을 말했다.

"에너지 실드에 막혀 차체에 포탄이 도달하지도 않는데, 굳이 측면 사격과 후면 사격이 필요하겠습니까? 차라리 에너지 실드가 몇 발까지 견딜 수 있는지 시험을 하는 것이 나을 듯싶습니다."

황유석의 말을 들은 수한은 그의 말이 옳다는 것을 깨달았다.

'그렇군! 실드 마법에 막히는데 굳이 무의미한 시험을 더 할 필요는 없지.'

그의 말이 옳았기에 수한은 자신의 생각을 철회하고 황유석의 말대로 시험의 방향을 바꾸기로 하였다.

옆에서 두 사람의 이야기를 듣고 있던 김장군도 황유석의 말대로 그게 옳은 판단이란 생각이 들었다.

그러는 한편 이런 엄청난 방어 시스템을 만들어 낸 수한을 다시 한 번 쳐다보았다.

그런데 사실 수한조차 자신이 만든 실드 마법 발생 장치에서 생성된 마법이 이렇게 효과가 좋을지 생각지 못했다.

사실 실드 마법은 저클래스 마법에 속한다.

비록 수한이 만든 마법 발생 장치가 상급 마나석에 해당하는 옥으로 만들어진 마법진이라 하지만, 그렇다고 그 한계를 넘을 수는 없었다.

하지만 결과는 수한의 예상 밖으로 너무도 좋았다.

수한은 실드 마법으로 그저 차체에 포격을 받기 전 힘을 분산시킬 수 있지 않을까, 하는 생각에서 실드 마법을 적용했다.

그런데 지구에서 처음 선보인 실드 마법은 마법진을 이용했기 때문인지 아니면 마나석이 아닌, 마나석과 비슷한 옥으로 마법진을 생성해서 그런지 모르지만 계산 이상의 효과를 내었다.

박창규 국방 과학 연구소 소장은 연구원의 보고에 깜짝 놀랐다.

오늘 천하 디펜스에서 차세대 주력 전차의 장갑 방어력 시험을 한다는 보고를 받았다.

대한민국이 차세대 주력 전차 개발을 선언한 지도 벌써 3년이나 되었다.

몇몇 업체에서 컨소시엄을 형성해 도전을 하였지만, 현재 남아 있는 업체는 천하 디펜스 컨소시엄과, 일신그룹이 주축이 된 일신 컨소시엄 두 곳뿐이다.

하지만 육군의 높은 성능 요구에 아직까지 개발에 난항을 겪고 있음을 박창규 소장도 잘 알고 있었다.

박창규 소장 또한 무기 개발에 잔뼈가 굵은 사람이라 육군이 요구하는 것이 얼마나 황당한 것인지 잘 알고 있었다.

원칙적으로는 자신이 소장으로 있는 국방 과학 연구소에서 기술을 지원해 무기 개발을 해야 할 일이지만, 사실상 국방 과학 연구소는 이번 차세대 주력 전차 개발에서 손을 떼고 있는 상태다.

그만한 기술을 가지고 있지 못하기 때문에 괜히 껴들었다가 덤터기를 쓸 수도 있기에 처음부터 강력히 주장해 국방과학 연구소는 뒤로 빠졌다.

처음 그의 이런 주장을 할 때만 해도 각계각층에서 많은 질타가 있었지만 솔직히 미국이나 독일에서도 포기한 연구였다.

박창규 소장 본인도 독일이나 미국의 무기 개발자들처럼 더 이상 전장에서 전차는 필요하지 않다고 하는 주장하지는 않지만, 과거처럼 대규모 전면전이 벌어지는 것이 아닌, 소규모 국지전 또는 시가전이 주를 이룰 것이라 생각해 그에 맞는 전차를 개발해야 한다고 생각했다.

그러기 위해선 현재의 장갑 방어를 위한 두터운 장갑을 두른 중전차가 아닌, 신소재를 이용한 보다 가볍고 작은 경전차를 개발해야 한다는 생각이었다.

그런 판단 때문에 국방부의 요구를 거절한 것이었다.

어차피 전차를 상대하는 방법은 무척이나 많다.

굳이 막대한 개발비를 들여 비슷한 성능의 중전차를 개발해 상대할 필요가 없다는 말이다.

전차를 상대할 때 항공 전력이나 보병이 운영하는 대전차 미사일도 있다.

차라리 대전차 미사일을 연구 개발하는 것이 보다 싸게 먹

힐 수도 있는 일이다.

더욱이 대한민국은 천하 디펜스에서 개발한 최신의 대전차 미사일을 다수 보유하고 있었다.

이런 생각에 박창규 소장은 천하 디펜스나 일신 컨소시엄이 괜히 헛심을 쓰고 있다고 생각했다.

그리고 오늘 아침까지 많은 사람들이 그와 같은 생각을 하고 있었다.

그런데 방금 전 너무도 엄청난 이야기를 듣고 말았다.

이론적으로 가능하지만 현재의 과학 기술로는 실현이 불가능하다고 알려진 에너지 무기가 완성이 되었다는 소리를 들은 것이다.

이것을 무기라고 분류를 해야 할지는 정확하게 모르겠지만, 어찌 되었든 군사 무기로 활용을 하니 무기로 분류를 해야 할 것이다.

아무튼 그 말이 사실이라면 천하 디펜스 컨소시엄에서 대형 사고를 친 것이나 마찬가지였다.

이 문제로 대한민국은 한동안 큰 시달림을 겪을 것이 분명했다.

대한민국을 둘러싼 강대국들의 집요한 압력과, 기술을 빼내기 위해 침투시킬 스파이들, 그리고 관계자들에 대한 은근한 회유 등 많은 일이 벌어질 것은 분명했다.

"그게 사실인가?"

"그렇습니다. 1km 거리에서 130㎜ 신형 전차 포탄을 세 발이나 견뎌 냈습니다."

"헉!"

보고를 하는 직원의 말에 박창규 소장은 경악을 금치 못했다.

신형 전차 포탄의 파괴력을 누구보다 잘 알고 있는 박창규 소장이다.

130㎜ 신형 전차 포탄을 개발한 사람 중 한 명이 바로 본인이어었다. 그렇기에 천하 디펜스 컨소시엄에서 개발한 에너지 무기가 세 번이나 연속으로 막아 냈다는 말에 경악을 금치 못했다.

더욱이 천하 디펜스 컨소시엄에서 개발한 신형 전차포와 신형 포탄의 조합이 가지는 파괴력은 지금까지 최고라 생각하던 러시아의 140㎜ 전차포에 전혀 밀리지 않았다.

비록 구경에서 밀리기는 하지만, 러시아가 사용하는 140㎜ 전차 포탄의 텅스텐 탄자보다, 대한민국 국방 과학 연구소에서 개발한 130㎜ 신형 전차 포탄의 탄자가 훨씬 단단하고 강력했다.

더욱이 장약의 모든 힘을 탄자가 받을 수 있게 고안된 포탄의 설계로, 비록 구경은 러시아에서 개발한 전차포보다 10㎜

나 작았지만 파괴력은 비슷했다.

그런데 그런 전차포를 세 번 연속 막아 낸다는 말에 아니 놀라겠는가?

그 말은 세 번 적중을 해도 살아날 수 있다는 소리다.

140㎜ 전차포를 한 번도 아니고 세 번이나 직격하고도 살아날 수 있다는 소리는, 적보다 세 번 더 공격할 기회를 가진다는 소리였다.

산술적으로 세 배의 적과 동등한 교전할 수 있다는 말과도 같았다.

물론 군사학적으로 계산을 하면 조금 다를 테지만.

그런데 국방부나 육군에서 차세대 전차의 대항마로 생각하는 전차가 러시아의 T—95 전차다.

아직 북한에 수입되었는지 아닌지는 모르지만, 러시아와 북한이 군사 동맹관계에 있기에 북한이 T—95 전차를 보유했다고 상정해 개발을 하고 있었다.

사실 T—95는 1995년에 개발이 되었다가 러시아의 경제 사정으로 중단이 되었다.

아니, 개발하다 중단하였다기보다는 개발을 완료했으나 생산 단가가 너무도 높은 관계로 실전 배치할 수 없어 중단을 한 것이다.

그러다 2018년이 되어 러시아의 경제 사정이 어느 정도

나아지고, 또 같은 공산국가이기는 하나, 국경을 맞대고 있는 중국의 팽창으로 러시아를 위협할 정도로 군사력이 상승하였다.

더욱이 중국은 어떻게 빼냈는지 자신들이 중단한 T—95를 카피해 실전에 배치를 하려고 한다는 첩보를 획득하였다.

그래서 러시아는 부랴부랴 T—95를 개발 완료하고 국경지역에 실전 배치를 하기에 이르렀다.

이러다 보니 러시아의 T—95의 장비들은 대한민국이 개발하는 차세대 주력 전차에 들어가는 장비에 비해 구형일 수밖에 없다.

즉, 화력은 비슷한데, 방어력이나 기동성은 대한민국이 개발하는 전차의 성능이 우위에 있다는 말이다.

그러니 박창규 소장의 예상처럼 대한민국을 둘러싼 미국, 일본, 중국, 러시아에서 현재 개발하고 있는 차세대 전차에 대하여 예의주시하고 있을 것은 빤했다.

이미 화력 부문에서 대한민국이 개발한 전차포의 성능이 러시아의 T—95에 뒤지지 않는다는 것이 알려졌을 것이다.

물론 그 정도는 미국이나 독일이 이미 개발했으니 알려져도 상관이 없다.

하지만 이 에너지 무기는 다르다. 기존의 상식을 뒤집는 무기로 인해 러시아의 전차포는 그 가치를 잃었다.

주변국에 이 소식이 알려진다면 분명 뭔가 반응이 나올 것이고, 대한민국은 그로 인해 몸살을 앓을 것이다.

보고를 받으면서도 박창규 소장은 이런 생각에 골머리가 아파 왔다.

그냥 세라믹 장갑을 개발해 육군이 요구한 성능을 충족했다면 이렇게 경악하지 않았을 것이다.

"젠장!"

박창규 소장은 자신도 모르게 욕을 하고 말았다.

그만큼 그가 받는 스트레스가 막대했기 때문이다.

솔직히 일개 무기 개발 소장으로서 그가 이렇게까지 스트레스를 받을 이유는 없었다.

하지만 그만큼 그가 자신의 조국인 대한민국을 생각하고 있다는 말이기도 했다.

참으로 힘없는 나라의 설움이기도 했다.

최고의 것을 만들고도 주변 강대국의 눈치를 봐야 한다는 것이 참으로 안타까웠다.

이런 것을 해소하기 위해 박창규는 일찍 미국에 유학을 가 공부를 하였다.

그리고 엄청난 보상을 들이밀며 유혹하는 미국과 중국 등 외국의 기업들의 유혹을 뿌리치고 고국으로 돌아왔다.

하지만 현실은 박창규가 생각하는 것 보다 더 힘들었다.

대한민국을 주도하는 위정자들은 주변 강대국의 압력에 맞설 생각은 하지 않고 그들의 앞잡이가 되어 작은 이득에 꼬리를 흔들고 있었다.

어떻게 하면 대한민국이 개발한 것들을 외국에 넘겨주고 이득을 취할까, 생각만 하고 있었던 것이다.

그렇게 넘어간 군사 비밀이 얼마나 많았는지 몰랐다.

그런 소식을 들을 때마다 박창규 소장은 좌절감을 느꼈다.

그런데 이번에 천하 디펜스 컨소시엄에서 신(新)개념 에너지 무기를 개발했다고 하니 이것으로 또 얼마나 많은 일이 벌어질지 보지 않아도 훤했다.

그리고 정말로 박창규 소장이 보고를 받고 있을 때, 또 다른 곳에서 같은 보고를 받는 이들이 있었다.

"보스! 보스!"

도널드 더크는 집무실에서 서류를 정리하고 있었다.

미국 CIA 동북아 책임자인 그는 사무실이 있는 이곳 한국의 정보뿐 아니라 중국과 일본의 정보도 모두 취합해 그 안에서 조국에 필요한 정보를 확인해야만 했다.

그러다 보니 업무 시간이 이미 지났음에도 그의 책상에는 많은 서류들이 남아 있었다.

사실 이렇게 종이 서류로 된 보고서는 현대에는 잘 활용하지 않는 방법인데, 도널드는 다른 이들과 다르게 컴퓨터 모니터에 올라오는 정보로는 필요한 정보를 파악하기 힘들다는 생각을 가지고 있어 이렇게 서류를 만들어 보고를 하게 만들었다.

그 때문에 그의 부하들은 각지에서 보내지는 정보를 도널드에게 보고를 하기 위해 이중고를 겪고 있었다.

한참 서류를 뒤적이며 정보를 파악하고 있을 때 자신을 다급하게 부르는 부하의 모습에 고개를 들고 물었다.

"무슨 일이야."

다급하게 자신을 부르는 부하의 물음에도 너무도 차분하게 물었다.

그런 상사의 모습에 급하게 도널드 더크를 부르며 사무실로 들어온 미키 루크가 대답을 하였다.

"한국에서 획기적인 방어 무기를 개발했답니다."

"방어 무기?"

미키 루크의 말에 도널드는 고개를 갸웃거리며 생각을 했다.

'한국이 그동안 어떤 방어 무기를 개발하고 있었지?'

부하의 대답에 도널드는 자신이 알고 있는 정보를 검색해

보았다.

하지만 그가 알고 있는 정보에 한국이 방어 무기를 개발하고 있다는 어떤 것도 나오지 않았다.

예전 미사일 방어 체계인 사드(THAAD)를 도입하려다 중국의 반대에 실패하고, 자체적으로 개발을 하려다 기술적 어려움에 포기하였다.

그 뒤로 더 이상 미사일 방어에 관해서는 신경을 쓰지 않고 있는 한국이기에 방어 무기를 개발했다는 미키의 보고에 고개를 갸웃거렸다.

"예, 오늘 한국의 ADD 화포 실험장에서 한국이 개발하고 있는 차세대 전차의 장갑 방어 실험이 있었습니다."

미키의 보고에 도널드도 이미 그 실험에 대하여 보고를 받았기에 잘 알고 있었다.

하지만 그 실험은 실패할 것으로 예상하고 있었다.

이미 미국도 러시아의 T—95에 대항하기 위해 전차를 개발하려 하였지만, T—95의 화력을 방어하기 위해선 너무도 과도한 장갑의 증가와 그에 따른 중량의 증가, 그리고 무게가 늘어난 것에 따른 기동성 하락으로 생존성이 좋지 못하다는 관계로 개발이 중단되었다.

기존의 장갑보다 성능이 뛰어난 제품이 나오지 않는 이상 T—95의 140㎜ 전차포를 막을 수 없다는 판단에 그런 결

정을 내린 것이다

그래서 한국이 러시아의 T—95에 대응하는 전차를 개발하겠다고 발표를 했을 때 많은 관계자들이 한국을 비웃었다.

비록 한국이 전차를 만드는 능력이 대단하다고 하지만, 미국이나 독일을 앞서는 것은 아니다.

K—2흑표가 꽤 뛰어난 성능의 전차라고 하지만 3.5세대의 전차이고, 또 그중에서도 하위에 속하는 전차다.

가격대 성능비가 조금 우수하다고 해도 그뿐이다.

그런 전차를 개발한 나라가 전차 선진국인 독일이나 자국이 포기한 것을 완성하겠다는 발표를 했을 때는 너무도 웃긴 코미디였을 뿐이다.

도널드도 당시 한국의 국방부 장관이 그런 발표를 했을 때, 괜히 돈만 날리는 일이라는 판단을 내렸다.

그 돈이면 그냥 자국의 무기를 더 구입할 것이지 하는 생각마저 했었다.

그런데 지금 자신의 부하는 그 일을 꺼내며 뭔가 보고를 하려는 것에 고개를 갸웃거렸다.

"그게 어떻다는 말이지? 이미 한차례 보고가 있었지 않나?"

비록 불가능한 일이란 것을 알지만, 한국에서 발표를 하고 연구에 들어갔기에 그동안 감시를 하며 정보를 취득하고 있었다.

하지만 들어오는 보고에 전차포의 개발은 완료가 되었지만, 역시나 장갑 방어력이 많은 연구원들의 보고와 같았다.

현대 과학으로는 1,200mm의 장갑 방어력이 최고였다.

그렇지만 T—95의 장갑 파괴력은 2km에서 1,100mm다.

그 말은 현존하는 모든 나라의 주력 전차의 장갑을 2km에서 파괴할 수 있다는 말과 동일한 말이었다.

그렇기에 미국도 독일도 새로운 전차의 개발을 포기한 것이다.

그저 너 죽고 나 죽고 하는 심정으로 기존의 전차에 T—95의 장갑을 파괴할 수 있는 130mm 신형 전차포를 장착했을 뿐이다.

그것만으로 충분히 교전이 가능하다고 판단을 했기에 T—95를 능가하지 못한다면 같이 파괴할 수 있는 전차를 보유하는 것이 좋다고 판단했기 때문이다.

하지만 그렇게 한다고 해서 미국이나 독일이 이득인 것은 아니다.

러시아의 T—95가 생산 단가가 기존의 러시아 전차들에 비해 비싸다고 하지만, 미국의 M1A3나 독일의 레오파드 2A7전차보다는 훨씬 싼 전차였다.

즉 일대일 교환으로는 러시아 보다 미국이나 독일이 손해라는 소리였다.

그에 비해 한국의 전차는 그렇지 않았다.

한국의 전차 생산 단가는 위정자들의 장난만 아니라면 무척이나 싼 가격에 생산할 수 있다.

이러한 사실을 잘 알고 있는 도널드는 그런 생각을 할 때마다 한국이란 나라가 참으로 알 수 없는 나라란 생각을 하였다.

보통 나라의 지도부가 부패를 하면 나라가 정상적으로 돌아가지 않고 낙후된다.

하지만 한국은 그럼에도 불구하고 빠르지는 않지만 성장을 하고 있는 나라였다.

그렇기에 더욱 지켜보며 감시를 해야만 했다.

한국은 마치 동양의 전설처럼 용이 되지 못한 이무기일지도 몰랐다.

더욱이 몇몇 한국의 과학자들의 우수성은 이미 CIA나 러시아의 총정보국(GRU) 등 많은 나라의 정보국에서 예의주시하고 있다.

도널드 더크 CIA 동북아 정보 담당자도 상부의 지시로 몇몇 한국의 과학자들에 꼬리를 붙여 감시를 하고 있다.

자국의 이익을 위해서라면 동맹국 과학자쯤은 아무도 모르게 납치나 부득이한 경우 암살도 하는 것이 CIA.

본국의 명령이 떨어지면 언제 어느 때라도 대상을 제거할 수 있게 준비를 하고 있다.

"그건 이미 실패했다고 하지 않았나?"

"그렇습니다."

도널드는 자신이 알고 있는 것에 대하여 말을 하였다.

그에 미키도 그렇다고 대답을 함으로써 도널드를 더욱 혼란스럽게 하였다.

"그런데 뭐가 문제란 말인가?"

답답한 도널드는 부하에게 짜증을 내며 물었다.

그런 도널드의 질문에 오늘 한국의 ADD에서 올라온 정보를 보고하였다.

"한국에서 에너지 실드를 완성했다고 합니다."

"뭐?"

도널드는 부하의 보고를 듣다 깜짝 놀랐다.

에너지 실드, 다른 말로 플라즈마 실드라고도 하는 엄청난 에너지를 이용해 보호막을 형성해 물체를 방어하는 미래의 무기다.

아직까지 과학계에서는 실현 불가능이라 보고를 하고 있었는데, 한국이 그런 오버테크놀로지를 완성했다는 말에 깜짝 놀랐다.

"그게 사실이야?!"

너무 놀라 자신도 모르게 큰 소리를 지르고 말았다.

하지만 도널드는 그런 자신의 반응을 느끼지 못하고 부하인 미키를 주시했다.

"예, 사실입니다. ADD에 있는 제이슨 김의 보고에 의하면, 오늘 있었던 천하 디펜스 컨소시엄에서 실험한 것이 바로 그것이라 합니다."

제이슨 김은 ADD에 근무하는 과학자로, CIA에 포섭이 된 사람이었다.

미국에서 유학을 할 당시 뛰어난 머리를 가지고 박사 학위를 딴 그를 CIA에서는 놓치지 않고 많은 돈과 시민권을 미끼로 포섭을 하였다.

그가 원할 때 시민권을 부여하고 보호를 해 주겠다는 약속을 하며 포섭을 하였는데, 그동안 그는 한국에 신무기를 개발할 때마다 그 정보를 CIA에 넘겨주며 막대한 정보비를 받았다.

이번에도 그는 한국이 개발하고 있는 차세대 주력 전차에 대한 정보를 CIA에 넘긴 것이다.

그런 제이슨 김의 정보라는 말에 도널드도 그냥 넘길 수는 없었다.

"그에게 연락해서 좀 더 자세한 정보를 캐내라고 해!"

"알겠습니다. 그렇지 않아도 조금 더 자세한 정보를 원한다고 했습니다."

"그래, 얼마가 들어도 좋으니 자세하게 알아보라고 해! 그리고 빼낼 수 있으면 그렇게 하라고 하고."

"예."

보고를 맞힌 미키는 얼른 대답을 하고 밖으로 나왔다.

밖으로 나가는 미키의 뒷모습을 보던 도널드는 뭔가 고심을 하더니 책상 서랍을 열었다.

그 안에는 전화기가 있었는데, 첩보 영화에서 스파이들이 사용하는 보안이 철저한 전화기 같았다.

"국장님! 도널드입니다."

CIA동북아 책임자인 도널드는 자신의 상관인 CIA 국장에게 직통 전화를 걸어 조금 전 미키에게 들은 정보를 보고하였다.

이렇게 국방 과학 연구소 산하 화포 실험장에서 있었던 천하 디펜스 컨소시엄의 장갑 방어력 실험에 대한 정보는 CIA뿐 아니라 많은 곳에 알려지고 있었다.

7.
몰려드는 스파이들

일신 중공업은 일본의 미쓰비 중공업과 혼타 삼사의 컨소시엄을 형성해, 일명 일신 컨소시엄이란 이름으로 대한민국이 발주한 차세대 주력 전차 개발 사업, 즉, XK—3전차 개발에 뛰어들었다.

일본의 대표적인 우익기업인 미쓰비와 혼타가 대한민국의 차세대 주력 전차를 개발하는 사업에 뛰어들었다는 것이 참으로 아이러니한 일.

사실 일신그룹은 정부나 국민들의 시선을 부정적으로 비출 것을 우려해 함께 컨소시엄을 형성한 미쓰비와 혼타에 제의를 하였다.

다른 이름으로 컨소시엄에 참여를 하는 것을 말이다.

정상적인 관계라면 이런 제안을 한다는 것은 상대 기업에 무척이나 실례되는 제안이다.

자신들의 이름을 부정하고 유령회사마냥 페이퍼 컴퍼니를 만들어 사업에 참여를 제안했다는 사실 자체만으로도 미쓰비와 혼타라는 이름에 먹칠을 하는 것이다.

솔직히 일신그룹이 대한민국에서야 10위권에 들어가는 대기업이지, 세계적으로 따진다면 일신그룹은 전 세계 회사 규모에서 100위권 밖에 위치해 있었다.

그렇지만 미쓰비와 혼타는 100위권 안에 들어가는 아주 거대한 기업인 것이다.

하지만 그럼에도 불구하고 미쓰비와 혼타가 일신의 제안을 받아들이고 이름도 바꿔 가며 대한민국의 차세대 주력 전차 개발 사업에 뛰어든 것은 그들만의 속셈이 있었기 때문이다.

우수한 한국의 전차 설계 기술을 빼돌려 자국의 전차 개발에 이용할 생각이기에 일신그룹의 제안을 받았을 때 흔쾌히 수용했던 것이다.

물론 일신그룹과 협상을 할 때는 강짜를 부려 많은 부분 자신들에게 유리하게 계약을 했지만 말이다.

아무튼 대한민국이 발주한 차세대 주력 전차 개발 사업을 진행하고 있는 가운데 미쓰비와 혼타는 많은 성과를 보였다.

솔직히 한국의 K—2전차와 비슷한 시기에 일본에서도 주력 전차를 개발했었다.

세계 최강을 부르짖으며 개발한 전차는 10식이라 불리며 많은 이들의 주목을 받았다.

세계 최고의 첨단 기술을 다량 보유하고 있는 일본이기에 많은 군사 전문가들은 물론이고, 밀리터리 마니아의 관심을 모았지만, 정작 나온 작품을 기대와 달리 무척이나 실망스러웠다.

3세대 전차들부터 120㎜ 활강포를 채택한 것을 따라 120㎜ 활강포를 장착한 것까지는 좋았다. 하지만 3.5세대에 들어가는 이 10식 전차는 기존 서방 세계에서 44구경장에서 화력을 늘리기 위해 55구경장으로 주포의 길이를 늘린 것에 반해, 10식은 기존의 44구경장을 채택함으로써 화력을 향상시키지 못했다.

물론 10식이 주전장으로 채택한 곳이 넓은 야지(野地)가 아니라 도심의 시가전을 상정하고 만든 전차라 화력을 늘리지 않고, 기존의 44구경장 주포를 탑재하였다.

이는 어느 정도 현대전에 입각한 생각이라 이해할 수 있지만, 그렇다면 어중간한 중량은 어떻게 설명할 것인가.

미국은 미래의 전장이 시가전이라 예언하며 빠른 공수를 위해 30톤 미만의 경전차를 주장했다.

그렇다면 일본도 이 이론을 따른 것이라면 10식의 중량을 더 줄였어야 하지만, 그러지 못했다.

44톤이라는 어중간한 무게를 가지고 있었다.

그렇다 보니 전차의 방어력은 전면 장갑에 쏠리게 되었다.

신형 장갑이 개발된 것이 아니기에, 전차 방어를 위한 장갑은 전면에 치중하게 된 것이다.

차라리 중량을 더 늘리더라도 장갑 방어력을 높였어야 했지만, 일본의 전차 개발자들은 그렇게 하지 않았다.

화력도 3.5세대의 다른 전차에 비해 떨어지고, 또 방어력에서도 동급의 전차들에 비해 떨어졌다.

비슷한 시기에 개발된 한국의 K—2흑표에게도 월등히 뒤졌고, 이전에 개발된 독일의 레오파드2A6나 미국의 M1A2에 비해서도 성능이 향상되었다고 볼 수도 없었다.

그렇게 보면 몇 년 뒤 개발된 레오파드2A7이나 M1A3에는 현격한 차이를 보였다.

이때 10식 전차를 만든 기업이 바로 미쓰비 중공업이었다.

큰소리 뻥뻥 치며 개발을 하였지만 막상 뚜껑을 열어 보니 속빈 강정이나 마찬가지였다.

더욱이 10식의 대당 생산 비용은 흑표보다 20억 원 정도 더 비쌌다.

성능은 떨어지면서 가격은 더 비싼…… 참으로 어처구니

없는 전차가 아닐 수 없다.

그런데 일신 컨소시엄을 형성하고 한국의 주력 전차 개발 사업에 참여를 하면서 많은 기술들을 습득하게 되었다.

이미 기반 기술은 가지고 있었는데, 한국의 ADD의 기술을 전수받다 보니 미쓰비나 혼타의 전차 개발력은 더욱 향상되었다.

사실 미쓰비나 혼타의 기술은 적재적소에 활용하지 못 했기에 그런 전차가 나온 것이지, 기술 자체는 일본도 충분히 가지고 있었다.

구술도 꿰어야 보석이라는 옛말처럼 일본은 자신들이 보유한 기술을 적재적소에 사용하지 못했던 것이다.

그러던 것이 ADD의 지원을 받으면서 종합적인 전차 설계 기술이 늘어나게 되었다.

이미 미쓰비와 혼타는 독자적으로 일본에서 자국에 맞는 신형 전차를 개발하는 중이다.

물론 이것은 일신그룹이 모르고 있는 것이기는 하지만 말이다.

비록 동맹국이기는 하지만, 전통적으로 일본은 한국에 많은 경쟁의식을 가지고 있었다.

아니, 어떻게 보면 콤플렉스라고 하는 것이 맞을 것이다.

선진 문물을 한반도를 통해 습득을 하다 보니 자신들도 모르게 그런 감정을 가지게 된 것이다.

그러던 것이 근대에 조선보다 먼저 개항을 하고 서양의 선진 문물을 먼저 받아들이면서 그 격차는 역전이 되었다.

그리고 일본은 먼저 근대화된 기술력을 바탕으로 조선을 강제로 합병을 하고 수십 년 동안 식민통치를 하였다.

이러던 것이 잠재의식에 남았는지 일본은 수시로 한국을 도발하며 언젠가는 한반도를 다시 식민통치할 날을 기다리고 있는 중이다.

그렇기에 한국에 스파이나 아니면 일제강점기 때처럼 자신들의 앞잡이들을 전면에 내세워 한국인들의 정신을 흔들고 있었다.

그 대표적인 기업이 바로 일신그룹인 것이다.

자신들은 그런 줄도 모르고 일신그룹은 일본을 위해 많은 일들을 하고 있다.

이번처럼 자국의 중요한 무기 개발을 스스럼없이 일본에 제안을 하는 것만 봐도 알 수 있다.

아무튼 한국의 뛰어난 전차 설계 능력과 제조 기술을 배운 일본은 한국이 개발하고 있는 차세대 주력 전차에 견줄 수 있는 전차를 개발하고 있었다.

그런데 뜻하지 않은 곳에서 엄청난 소식이 전해진 것이다.

일신 컨소시엄과 경쟁을 하며 차세대 주력 전차 개발을 하고 있는 천하 디펜스에서 신(新)개념 방어 체계가 완성이 된 것이다.

그냥 개발만 된 것이 아닌, 실용화 단계에서 그것이 외부에 알려졌다.

"미나모토 박사! 그 이야기 들었습니까?"

혼타의 야마자키 박사는 급히 차량 개발부를 찾아와 차량 개발부의 부장인 미나모토 료헤이를 부르며 물었다.

미나모토 료헤이는 미쓰비 중공업에서 일신 컨소시엄에 파견된 인물로 이들 컨소시엄에서 개발하고 있는 전차의 기본 설계는 물론, 차체 디자인을 한 인물이다.

그리고 차량 개발부에 뛰어들어 미나모토에게 말을 건 사람은 혼타에서 파견된 전차의 엔진을 개발하는 연구부의 부장이었다.

이미 일본에서는 각 분야에서 독보적인 위치에 있는 두 사람인데, 지금 한 사람은 벌써 2년째 계속되는 문제로 골치를 앓고 있었고, 다른 한 명은 엄청난 정보를 듣고 놀라 비슷한 처지에 있는 이에게 하소연을 하기 위해 들어온 것이다.

"야마자키 박사 무슨 일인데 그렇게 호들갑을 떨며 들어

오는 것인가?"

비슷한 연배이기는 하지만, 정확히 야마자키 보다 나이가 한 살 더 많은 미나모토 박사가 차분한 어조로 호들갑을 떨며 들어오는 야마자키 박사를 타박하며 물었다.

하지만 너무도 엄청난 정보를 듣게 된 야마자키 박사는 그런 미나모토 박사의 타박에도 굴하지 않고 호들갑을 떨었다.

"지금 이럴 때가 아닙니다."

"이럴 때가 아니라니…… 무슨 소립니까?"

계속해서 자신의 질문에는 대답하지 않고 어수선하게 떠드는 야마자키 박사의 모습에 급기야 인상을 찡그리며 물어보았다.

"이런 내가 너무 앞서갔군요. 한국인들이 엄청난 짓을 벌였습니다."

"네? 한국인들이 무슨 일을 벌였기에 엄청난 짓이라고 하는 것입니까?"

"그러니까……."

야마지키 박사는 자신이 조금 전 들었던 이야기를 그대로 들려주었다.

"며칠 전 천하 디펜스에서 전차 방어력 실험을 했다고 합니다."

"그런데요?"

"그런데 그들은 우리처럼 그냥 장갑을 실험하는 것이 아니라 차체를 만들어 실험을 했다고 합니다."

미나모토 박사는 야마자키 박사의 말을 듣고 눈이 커졌다.

한국이 비록 철강 기술이 뛰어난 편이기는 하지만 자국 일본에 비해 손색이 있었다.

그런데 자신들도 전차 포탄에 견딜 수 있는 특수강을 만들어 내지 못해 전전긍긍하고 있는데, 그들은 벌써 차체를 완성해 실험을 했다는 말에 기가 막혔다.

"그래서 어떻게 되었다고 합니까?"

질문을 하면서도 미나모토 박사는 믿을 수 없었다.

그래서 부정적인 생각을 가지며 질문을 하였다.

하지만 그런 미나모토의 기대와 다르게 야마자키 박사의 입에서는 그의 생각을 부정하는 말이 들려왔다.

아니, 그의 예상을 벗어난 소리란 말이 정답일 것이다.

"본국에서 온 소식인데, 저들이 프라즈마 실드를 완성했다고 합니다."

"뭐요?"

야마자키 박사의 말을 들은 미나모토 박사는 너무 놀라 이곳에 다른 연구원들이 있다는 생각도 잊고 큰 소리로 소리쳤다.

그 때문에 한참 연구를 하던 사람들의 시선이 미나모토 박사에게 쏠렸지만, 그는 그것을 인식하지 못하고 야마자키 박사만을 주시했다.

"그 말이 사실입니까?"

"그렇습니다. 본사 마쓰자카 전무가 급전으로 알려 온 소식입니다."

"음……."

야마자키 박사의 말을 듣고 난 미나모토 박사는 깊은 패배감에 빠졌다.

말은 하지 않았지만, 그동안 미나모토 박사는 자신의 밑에서 연구하고 있는 한국인들을 무척이나 무시하고 있었다.

외국 유명 대학에서 박사 학위를 취득한 박사들이라고 하지만 그가 보기에는 무척이나 실력이 떨어졌다.

아니, 솔직히 자신이 데려온 인원들과 그리 차이가 나지도 않았지만, 일본인이 아시아에서 가장 뛰어난 인종이라 생각하는 미나모토 박사였기에 그렇게 생각하였다.

아무튼 그렇게 한 단계 밑이라 생각하던 한국에서 세계 최고라는 일본에서도 개발되지 않은 프라즈마 실드를 개발했다는 말에 할 말을 잊었다.

아니, 깊은 패배감이 그를 짓눌렀다.

그런데 이들의 대화가 너무도 컸던지 차량 개발부에 있던 많은 사람들이 두 사람의 이야기를 들었다.

그리고 이들도 미나모토 박사와 마찬가지로 짙은 패배감에 빠지고 있었다.

어찌 되었든 한 가지 사업을 가지고 경쟁을 하고 있었는데, 상대가 한참을 앞서간다는 이야기를 들었기 때문이다.

더욱이 그 차이는 현재 자신들의 능력으로는 따라갈 엄두가 나지 않는 차이였다.

그냥 다른 것도 아니고 플라즈마 실드라는 엄청난 기술이다.

미국, 러시아는 물론이고, 최고의 기술력을 가지고 있다고 자부했던 일본도 플라즈마 실드에 관한 연구를 한 적이 있었다.

이론으로야 가능하지만, 현재 지구상에 있는 공학 기술로는 실현이 불가능하다고 판명이 되었던 기술이다.

그런데 이런 기술을 자신들보다 한 수 낮은 한국의 기술자들이 완성을 했다는 이야기를 듣게 되자 의욕이 생기지 않았다.

모두 하던 일도 잊고 멍해졌다.

그리고 그건 비단 일반 연구원들뿐 아니라 책임자인 미나모토 박사도 마찬가지였다.

이야기를 전하러 왔던 야마자키 박사는 차량 개발부의 분위기가 이상하자 미나모토 박사에게 인사하고는 자리를 떠났다.

"미나모토 박사! 난 이만 가 보겠네!"

하지만 그가 인사를 하거나 말거나 미나모토 박사는 이미 정신을 차릴 수가 없었다.

그의 정신은 한국이 플라즈마 실드를 만들어 냈다는 이야기를 들으면서 명해졌다.

일본 국가 안전국(NNSA, Nipoon National Security Agency).

NNSA는 일본의 정보 기관 중 최고의 기관으로 이전 최고의 정보 기관인 내각 조사실과 내각 정보국, 해상 보안청, 공안 조사청 등의 정보 기관의 상위 기관으로, 국가 안전에 관한 모든 정보를 취급하는 곳이다.

특히 이들의 일은 미국의 CIA나 냉전시대 소련의 KGB처럼 일본에 해가 되는 국가의 요인을 암살 또는 납치를 주임무로 하고 있었다.

될 수 있으면 자국에 이익을 위해 납치를 하지만, 그게 여의치 않으면 암살을 하여 위험 요소를 제거하는 일을 하였다.

사실 일본이 NNSA를 출범하게 된 것은 자국의 이익을 위해서 그런 것인데, 이전에는 이런 정보 조직을 가질 수 없었다.

2차 대전 패전으로 일본은 군대를 가질 수 없었는데 일본은 자국의 보호를 위해 자위대만 가지게 되었다.

자위대는 군대와 다르게 무기를 가지고 있지만, 정규 군대가 아닌 준 군사 조직 내지는 중국의 무장 경찰과 비슷한 조직이다.

아무튼 군대가 없다 보니 일본은 군사 정보를 취급하기보다는 패망했던 일본을 부흥하기 위해 기업 정보에 집중을 하였다.

그래서 나온 것이 내각 산하 정보 조직인 내각 조사실이다.

이들의 활약으로 각국에 있는 우수 기업들의 내부 정보를 빼돌려 일본은 폐허 속에서 급속한 경제 성장을 할 수 있었다.

하지만 호사다마라고 했던가.

경제 대국으로 들어선 일본인들은 해외여행을 하면서 많은 부침에 시달리게 되었다.

일본인들이 돈이 많다는 것을 알게 된 해적이나 테러조직의 타깃이 되었던 것이다.

납치와 살인의 표적이 된 자국민을 보호하기 위해서 이전 정보 조직으로는 해외에서 소용이 없음을 깨달은 일본은 정보 조직을 확대 개편하기에 이르렀다.

그래서 편성된 것이 내각 정보국이었다.

하지만 시대가 바뀌면서 이들만으로는 일본이 원하는 만큼의 정보 획득이나 해외의 국민들을 보호할 수 없게 되었다.

뿐만 아니라 일본 내에서 우익단체들의 반발로 일본도 자위대가 아닌 군대를 가지기를 희망하는 이들이 많아졌다.

물론 이건 일본의 정치인들의 고도의 전략이었다.

그런 정치인들의 전략이 맞아 들어가 일본은 대외적으로 국가 안보와 국민의 보호라는 명제로 기존의 정보 조직을 뛰어넘는 조직을 갖추기에 이르렀다.

그것이 바로 일본 국가 안보를 책임지는 NNSA인 것이다.

국가 안전 보장국의 약자인 NSA에 일본인들은 어느 순간부터 자신들을 일본을 나타내는 영어식 표기인 제팬(JAPAN)보다 일본(니폰, NIPOON)이란 표기를 사용하기 시작했다.

세계적으로야 JAPAN이란 단어를 사용하지만 자신들은 NIPOON이란 단어를 사용했다.

그래서 일본 국가 안전 보장국(Nipoon National Security Agency)의 앞 글자를 따서 NNSA를 출범했다.

일본은 NNSA를 출범하면서 이름에 걸맞는 활동을 할 수 있게 하기 위해 많은 예산을 투입하였다.

요원들을 영국의 MI6나 미국의 CIA 등 각국 정보기구에 연수를 보내는 등 많은 노력을 하였다.

물론 짧은 연혁 때문인지, 들어가는 비용에 비해 실력은 많이 떨어지지만, 점차 그 개선되고 있었다.

그런 일본에서 일인지하 만인지상의 위치에 있는 총리를 빼고, 최고의 지위에 있는 NNSA의 수장 사이고 다카모리는 심각한 표정으로 부하가 가져다 둔 전문을 보며 인상을 찡그리고 있었다.

전문의 전면에 붉은 도장이 찍혀 있었는데, 특급을 뜻하는 TOP라는 글씨가 선명하니 찍혀 있었다.

전문의 일련번호를 보며 한국에서 보내 온 것인데 한국의 정보가 TOP이 적혀 있는 경우는 극히 드물었다.

일본에 위협이 될 만한 일이 벌어졌을 때만 그런 전문이 올라왔는데, 지금 어떤 정보인지는 모르겠으나 아무런 전조도 없이 이런 위급한 전문이 자신의 책상에 올라온 것을 보면 무척이나 중요한 것이란 사실을 알 수 있었다.

사이고는 한국만 생각하면 머리가 지끈 거렸다.

한국에서 TOP이란 문구를 찍혀 오는 전문은 대부분 북한의 문제였는데, 일본인들이 공포에 마지않는 핵문제가 주내용이었다.

혹시나 이번에도 그런 내용이 아닐까, 하는 생각을 하며 사이고는 조심스럽게 전문을 풀기 시작했다.

혹시나 중간에 전문이 가로채질 것을 우려해 암호문으로 된 숫자가 무수하고 난잡하게 써져 있었지만, 사이고는 자신의 책상 서랍에서 무언가를 꺼내 숫자가 써진 종이를 플라스틱판에 올렸다.

숫자는 빠르게 사이고가 알아볼 수 있게 문자로 번역이 되었다.

[작성자 : Sinjo Han.

한국 천하 디펜스 컨소시엄에서 차세대 주력 전차 개발 임박, 차체 방어력 시험에서 신무기 등장, 신무기 종류는 플라즈마 실드로 추정됨, 목격자 다수, 정보는 미국의 CIA와 러시아의 해외 정보국(SVR), 중국 국가 안전부(MSS)등에도 알려짐, 현재 이들 요원으로 보이는 이들이 한국으로 입국 중…….]

참으로 놀라운 내용이 아닐 수 없었다.

다른 것은 다 떠나서라도 한국이 미래 무기라 알려진 플라즈마 실드를 실용화 했다는 내용에 사이고는 경악을 금치 못했다.

첨단무기에 관해 유머까지 떠도는 미국도 아니고, 그동안 자신들 보다 몇 십 년은 뒤쳐졌다고 알려진 한국에서 오버 테크놀로지가 실현되었다는 소식에 놀라지 않을 수가 없었 다.

하지만 놀라운 것은 놀라운 것이고 이대로 있을 수만은 없 었다.

다른 나라들도 첩보를 입수하고 요원들을 파견하고 있다고 하니 자신들도 빠르게 요원을 파견해야만 했다.

띠!

전문을 확인한 사이고는 책상 위에 있는 인터폰을 눌러 비 서를 불렀다.

"비상 소집이다. 차장급 이상은 모두 올라오라고 해!"

비상 소집을 명령하고 깍지를 끼고 턱을 괸 사이고는 생각 에 잠겼다.

플라즈마 실드 기술은 단순하게만 생각할 수 없는 문제였 다.

간단하게는 한국이 개발하고 있는 차세대 전차 하나만 생 각할 수도 있지만 만약 그 기술이 다른 곳에도 접목이 될 수 있다면 일본에게 큰 위험으로 작용할 수 있었다.

그동안 일본은 우수한 해군력을 바탕으로 한국을 압박했다.

독도를 두고 영유권을 주장하기도 하고 2차 대전 당시 저질렀던 전쟁 범죄에 관해서도 부정을 하며 동맹에 대한 예의를 잊고 안하무인격으로 일관했다.

그런데 만약 그 플라즈마 실드 기술이 부족한 한국 해군에 접목이 된다면 일본이 마냥 두고 볼 수만은 없었다.

확실한 방패를 가진 한국 해군에 기존의 일본 해군이 우위를 점한다고 자신할 수가 없었기 때문이다.

뿐만 아니라 수량 면에서 우세했던 공군에서도 마찬가지다.

자신은 상대를 격추시킬 수 없는데, 상대는 나를 격추시킬 수 있다면 숫자는 그저 허수에 불과했다.

이런 점 때문에 사이고는 심각한 스트레스를 받았다.

비록 자신이 해군 사령관이나 공군 사령관은 아니지만 국가 안보국 국장으로 있기에 걱정이 이만저만이 아니었다.

대한민국 대통령 집무실이 있는 청와대 본관 접견실에 검은 눈의 외국인이 찾아와 대통령인 윤재인을 만나고 있었다.

"프레지던트! 한국과 저희 미국은 굳건한 혈맹입니다. 양국이 그동안 한반도에 민주주의를 수호하기 위해 얼마나 많은 피를 흘리며 노력을 하였습니까?"

주한 미국 대사인 제럴드 박은 어떤 요구를 하려고 이렇게 장황하게 말을 꺼내는 것인지 듣고 있는 윤재인으로서 심히 거북했다.

솔직히 대통령인 윤재인은 주한 미국 대사인 제럴드 박을 별로 좋아하지 않았다.

제럴드 박의 원래 이름은 박상현이었다.

그가 나고 자란 곳은 대한민국 서울이었다.

그런 그가 지금 미국의 외교관으로서 주한 미국 대사로 부임한 것은 전적으로 그가 자신의 국적을 포기하고 미국 국적을 취득했기 때문이다.

더욱이 박상현이 미국 국적을 취득한 것은 대한민국 국민이면 누구나 가야 하는 군대를 회피하기 위해 미국에 유학을 하던 당시 대한민국 국적을 포기하고 미국 영주권을 취득하였다.

의무 복무를 피하기 위해 유학하던 중에 국적을 포기했으면서 정작 미국에서 성공하기 위해 어처구니없게도 그는 미군에 자원입대를 한 것이다.

그 때문에 미국에서도 그의 자질 문제가 대두되긴 하였지만, 미국 정부의 입장에서는 누가 되었든 자국의 이익에 위배되지만 않는다면 모두 수용할 수 있었다.

그래서 박상현은 제럴드 박이란 이름으로 미국 사회에서 승승장구를 하고 급기야 주한 미국 대사에 취임하기에 이르렀다.

그리고 그러한 이야기를 마치 자신의 성공담인 것처럼 자서전에 버젓이 기재를 하였다.

이러한 사실을 알고 있는 윤재인 대통령으로서는 그가 자신을 찾아와 장황하게 얘기하는 게 여간 고깝지 않을 수 없었다.

비록 미국이 동맹국이고 또 국적을 선택하는 것이 개인의 자유 의지이기는 하지만 자신이 태어난 나라의 의무를 저버리고 국적을 포기했으면서 정작 국적을 취득한 곳에서는 성공을 위해 회피했던 군복무를 자원했다는 것은 보통 사람으로서 쉽게 이해가 가지 않는 일이다.

윤재인 대통령도 그렇기에 미국이 새로운 주한 미국 대사로 제럴드 박을 임명했다는 말에 기가 막혔다.

한국의 입장에서 보면 제럴드 박의 대사 취임은 일제 강점기에 일본에 부역해 독립투사들을 잡아들이던 조선인 순사나 마찬가지였다.

아무리 자국의 이익을 위해서라면 군대도 동원해 전쟁을 불사하는 미국이라고 하지만, 동맹국에 너무한 처사였다.

이 때문에 한동안 미국과 관계가 소원해지기는 하였지만 한국 내 친미 성향의 정치인들이 많아 어쩔 수 없이 받아들일 수밖에 없었다.

더욱이 대한민국은 지정학적으로 미국이란 나라에 의지를 할 수밖에 없기 때문이기도 했다.

약속도 없이 찾아와 쉬지 않고 떠드는 제럴드 박의 이야기를 듣고 있다 괜히 짜증이 난 유재인 대통령은 속으로 참을 인을 새기며 인내하였다.

그동안 대한민국이 국제 사회에서 홀로 바로 설 수 있게 많은 노력을 하였다.

하지만 아직 기득권을 가지고 있는 위정자들 대부분이 자신과 그 일족의 영달을 위해 일본이나 미국, 중국에 줄을 대고 있는 상태다.

그런 상태가 건국 이래로 쭉 이어지고 있다 보니 이제는 대통령이라고 해서 함부로 이런 틀을 깰 수가 없어졌다.

한때는 대통령의 권한이 절대적이었던 적도 있었다.

하지만 그러던 것이 어느 순간 민주화란 미명 아래 권력이 분산되고, 그 권력들이 어느 한 정당에 집중이 되면서 이제는 대통령이라도 그들의 권력을 무시할 수 없는 수준에 이르게 되었다.

그렇게 모인 권력은 자신들만의 리그를 만들어 권력을 세

습하였다.

정계, 제계 그리고 언론에 마치 중세 귀족들의 권력을 잡고 나라를 좌지우지하듯 영향력을 행사하는 집안이 나오기 시작하였다.

정치인 2, 3세들이 등장하고, 정권이 비호 아래 성장한 대기업들은 국민의 희생과 정부의 지원으로 성장한 기업을 생각하지 않은 채 자신들이 이룩한 부를 가지고 기업을 자신의 왕국처럼 만들어 권력을 다졌다.

언론도 마찬가지다.

부정을 고발하여 국민에게 정확한 사실을 전달해야 할 그들이 권력에 편승해 또 다른 권력 집단이 된 언론 재벌이 등장, 귀족화 하였다.

물론 현대 사회에서 자진 부를 이용하는 것은 나쁜 것이 아니다.

하지만 부정한 방법으로 부를 계승하고 권력을 계승하는 것은 잘못된 일이다.

윤재인은 그런 것들을 타파하고 싶었다.

그래서 남들의 손가락질을 받으면서도 소신을 굽히지 않고 정치계에 입문을 해 지금에 대통령의 자리까지 올랐다.

윤재인 본인도 깨끗하게만 정치를 한 것은 아니다.

때로는 웃는 얼굴로 정적을 나락으로 밀어뜨릴 때도 있었고, 또 어떤 때는 정치적 동반자였던 동료 의원을 모함하기도 했다.

대의를 위해선 희생도 필요하다고 생각했기에 과감하게 손을 썼다.

그렇게 해서 대통령의 자리에 오르고 보니 자신이 참으로 순진했다는 것을 그제야 알게 되었다.

정치인들의 궁극적 목표인 대통령의 자리가 자신의 생각처럼 쉽지 않다는 것을 알게 되었다.

대통령의 권한은 오래전 자신을 지지하던 정치인들에게 넘어간 지 오래였다.

제럴드 박이 혼자 떠들고 있을 때 윤재인 대통령은 그렇게 자신이 그동안 이 자리까지 오르는 과정을 되짚어 보았다.

"그러니 한국도 그동안 미국의 원조를 받은 값을 해야 하지 않겠습니까?"

윤재인 대통령이 자신만의 생각을 하고 있을 때 제럴드 박은 그제야 자신이 하고 싶은 이야기를 하였다.

"미국의 원조요? 무슨 원조를 미국이 한국에 했다는 것입니까?"

주한 미국 대사인 제럴드 박의 말에 윤재인 대통령은 고개를 갸웃거리며 물었다.

그런 대통령의 물음에 제럴드 박은 미소를 지으며 대답을 하였다.

"한국이 이만큼 성장하는 데 미국이 원조를 해 주지 않았습니까?"

너무도 뻔뻔스럽게 한국이 성장을 한 것이 미국의 원조를 받았기에 그리 된 것이라 폄하를 하고 있었다.

"대사는 지금 말을 삼가기 바랍니다. 비록 오래전 미국의 도움을 받기는 했지만 우리 대한민국은 그 대가를 충분히 미국에 지불하였습니다."

윤재인 대통령은 너무도 황당한 미국 대사의 말에 강경하게 대답을 하였다.

사실 말이야 바른 말이지 한국이 성장하는 데 미국의 도움을 완전 배제할 수는 없다.

하지만 그것이 오로지 한국인들을 위해 미국이 도움을 준 것은 아니다.

자신들의 국익을 위해 한국을 지원하였고 그 이상으로 받아 갔다.

"또 뭐를 우리에게 요구하는지는 모르겠지만 더 이상 우리에게서 무상으로 받아 갈 수 있는 것은 아무것도 없을 것이오!"

윤재인 대통령은 너무도 당연하다는 듯 말을 하는 제럴드 박 대사의 태도에 화가 나 외교적 실례라는 것도 무시하고 호통을 쳤다.

그런 윤재인 대통령의 모습에 제럴드 박 대사는 움찔 하였다.

자신이 그동안 미국 국적을 취득하고 외교관으로서 활동을 하면서 이런 대우를 받은 적이 얼마나 있었겠는가.

더욱이 한국이라면 너무도 잘 알고 있는 나라다.

자신이 나고 성장한 나라가 한국이지 않는가.

너무도 보잘것없는 강자에 약하고 언제나 굽실굽실하는 약소국, 그것이 한국이었다.

그런데 세계 최강 대국 미국의 대사인 자신에게 큰소리를 치는 한국 대통령이라니 제럴드 박은 너무나 당황해 한동안 말을 하지 못했다.

"지금 대통령께선 제가 누구인지 잊으셨습니까? 제게 이런 모욕을 주시다니 참으로 유감입니다."

제럴드 박은 최대한 고상하게 말을 하고 싶었지만 누가 봐도 자신이 무시를 받은 것에 대한 분노를 그대로 말에 나타내고 있었다.

"지금 대사야말로 조금 전 자신의 말을 되짚어 보기 바랍니다."

윤재인 대통령은 화를 내는 대사의 모습에 더욱 냉정히 대처를 하였다.

사실 제럴드 박이 한국에 대사로 임명이 되면서 많은 논란이 있었다.

더욱이 그가 군복무를 회피하기 위해 국적을 포기했었다는 사실이 알려지면서 미국 대사관 앞에 많은 국민들이 시위를 하였다.

뿐만 아니라 이제는 얼마 남지 않은 주한미군들의 사건사고는 더욱이 안 좋은 한미관계에 기름을 부었다.

이러던 차에 자질이 의심되는 자가 대사로 부임을 했으니 더욱더 관계가 악화일로를 겪고 있었다.

사실상 한미관계는 예전과 같지 않았다.

어느 순간 미국은 한미관계보다 미일관계를 더욱 비중 있게 다루었다.

뭐 자신들의 말에 보다 순종적인 일본에 관심을 보이는 것은 뭐라 할 수는 없지만, 국제 관계에서 편향되게 외교를 한다면 그건 동맹이 아니라 그저 거래 상대일 뿐이다.

이렇듯 점점 어긋나고 있는 두 나라지만 아직까지 동맹으로 주한미군이 한국에 주둔을 하고 함께 북한을 견제했다.

날로 팽창하는 중국을 견제하는 입장에서 조금 더 좋은 동반자가 되어야 한다는 입장에서는 한국이나 미국도 같은 생각이다.

하지만 제럴드 박과 같은 이를 자신들의 대표로 보낸 것은 전적으로 미국의 잘못이다.

"본국의 우수한 기술들을 전수하였으니 한국도 본국이 필요한 기술을 넘겨줘야 하는 것이 맞지 않습니까?"

결국 제럴드 박은 그동안 자신이 하고자 하는 말을 하였지만 그것도 순 억지였다.

대사로서 정말이지 자질이 의심이 되는 인간이었다.

"뭔가 착각을 하고 있는데, 기술 이전을 받기 위해 우리 대한민국이 미국에 지불한 비용이 얼마인지 대사는 알고서 그런 말을 하는 것이오?"

"겨우 돈 몇 푼……."

"허허, 이만 가시오. 더 이상 당신에게 하례 할 시간이 없으니 그만 가 보시는 게 좋겠소. 그리고 당신이 무엇 때문에 이러는지 내 다 알고 있지만, 함부로 그것을 탐하지 마시오. 우리 대한민국이 예전의 그 무능한 국가는 아니니."

윤재인 대통령은 제럴드 박의 강짜에 더 두고 보지 않고 축객령을 내렸다.

갑작스런 축객령에 제럴드 박은 미국 대사로서 한 번도 이런 대우를 받은 적이 없어 화가 났다.

하지만 자신은 그저 미국 대통령의 대리인으로서 파견된 외교관이고, 앞에 있는 사람은 한 나라의 대통령이었다.

비록 미국보다 국력이 약한 한국이라고 하지만, 그의 영향력이 이 순간만큼은 자신보다 크기에 물러날 수밖에 없었다.

그렇지만 그의 내심은 무척이나 분노로 가득했다.

소인배인 제럴드 박은 강대국 미국의 대사인 자신을 무시한 윤재인 대통령을 그냥 두고 보지 않겠다는 다짐을 하였다.

'감히 나를 무시해?! 어디 그 자리에 얼마나 오래 있을 수 있나 두고 보자!'

제럴드 박은 그렇게 자신을 무시한 대통령에게 앙심을 품으며 청와대를 나왔다.

한편 접견실을 나가는 제럴드 박의 뒷모습을 보는 윤재인 대통령의 눈도 이 순간 빛났다.

분명 그가 청와대를 나가 가만있을 위인이 아님을 너무도 잘 알고 있었다.

띠!

"비서실장, 국정원장 부르게."

윤재인 대통령은 인터폰으로 국정원장을 호출하였다.

똑똑똑!

집무실 밖에서 노크 소리가 들렸다.

"들어와!"

윤재인 대통령은 노크 소리에 대답 하였다.

끼익!

작은 문소리가 들리고 안으로 들어오는 사내가 있었다.

"김세진 국정원장이 도착했습니다."

문을 열고 들어선 비서실장의 보고와 함께 그의 뒤에서 김세진 국정원장이 나와 고개를 숙이며 인사를 하였다.

"김세진 국정원장입니다. 부르셨습니까, 각하."

"어서 와요. 자리에 앉아요."

업무를 보던 중 비서실장의 보고에 얼른 자리를 권하고 자신도 집무실 가운데 있는 쇼파에 가서 앉았다.

"내가 김 원장을 부른 것은……."

일정에도 없는 호출에 무슨 일인가, 의아해하던 김세진 국정원장은 대통령이 단도직입적으로 말을 꺼내자 자세를 바로 하였다.

한마디라도 놓칠 수 있기에 경청을 하는 것이다.

"조금 전 주한 미국대사가 다녀갔는데, 아무래도 그의 행보가 수상합니다."

김세진 국정원장은 대통령의 말에 긴장을 하였다.

그렇지 않아도 요즘 자신에게 보고가 올라오고 있는 것들이 조금 수상했기 때문이다.

"그렇지 않아도 각국의 움직임이 심상치 않다는 보고가 들어왔습니다."

김세진 국정원장은 대통령에게 국정원에서 들어온 정보에 관해 보고를 하였다.

"국내에 활동 중인 CIA요원들은 물론이고, 중국의 MSS에서도 10여 명이 국내로 들어왔고, 또 일본의 NNSA에서도 일 개 팀이 보강되었다고 합니다. 그리고 영국과 러시아에서도 비밀요원들이 들어올 것으로 예상이 된다고 합니다."

"음……."

국정원장의 보고를 들은 윤재인 대통령은 신음을 흘렸다.

사실 미국이나 중국, 일본의 스파이들이 국내에 활동을 하고 있다는 것은 공공연한 비밀이었다.

그런데 더 많은 스파이들이 들어오고 이들 주변국 스파이들뿐만 아니라 멀리 유럽에 있는 영국에서도 스파이가 들어온다는 말에 머리가 지끈거렸다.

"아마도 그것 때문에 그렇겠지?"

대통령은 밑도 끝도 없이 말을 하였다.

하지만 김세진 국정원장은 대통령이 무엇을 가리키는 것인지 알고 있는 것처럼 대답을 하였다.

"저희도 그렇게 생각하고 있습니다. 그런데 이대로 괜찮겠습니까? 저희가 나서서 보호를 해야 하지 않겠습니까?"

국정원장은 뭐가 그리 걱정이 되는 것인지 말을 하면서도 불안한 표정을 지었다.

"음, 그냥 두고 볼 수는 없는데, 천하그룹에서 아직까지 아무런 반응이 없으니…… 나라고 별수 있나."

윤재인 대통령은 잠시 천하그룹의 정대한 회장의 얼굴을 떠올리다 인상을 찡그렸다.

일주일 전 국방부에서 올라온 보고를 받았다.

ADD 산하 화포 시험장에서 천하 디펜스에서 차세대 주력 전차 개발 실험에 대한 보고였다.

차세대 주력 전차 개발은 국방부에서 야심차게 진행하는 사업이라 정기적으로 보고를 받고 있었다.

정기 보고라 생각하고 넘기려 하였는데, 비서실장의 당부에 보고서를 자세히 살폈다.

그리고 그 안에서 엄청난 것을 발견하였다.

전 세계적으로 최초로 대한민국에서 플라즈마 무기를 실용화 했다는 것이었다.

공격 무기가 아닌 방어 무기였지만, 그것의 성능이 너무나 뛰어난 것이 문제였다.

보고서에는 그저 그 무기가 천하 디펜스에서 만들었다는 보고만 있는 것이 아니라, 그것의 가치에 대한 평가까지 함께 들어 있었다.

전문가들의 평가는 이 사실이 외부에 알려졌을 때 상당한 파장이 있을 것이란 내용이었다.

그리고 조금 전 주한 미국대사가 설레발을 치고 나간 것만 보아도 앞으로 그것 때문에 자신이 피곤해질 것은 누가 알려 주지 않아도 충분히 알 수 있었다.

"절대로 그것이 다른 나라에 넘어가서는 안 됩니다."

김세진 국정원장은 천하 디펜스가 ADD 화포 실험장에서 선보인 플라즈마 실드에 관한 보고를 받고, 그것이 앞으로 조국을 지킬 강력한 무기가 될 것이란 사실을 깨달아 그것에 대한 보호에 심혈을 기울였다.

아직 대통령의 정식 제가가 없었기에 많은 인원을 투입하지는 못했지만, 그래도 자신의 직권으로 천하 디펜스의 차세대 전차 개발팀의 연구원들을 보호하기 위해 국정원 직원들을 파견해 둔 상태였다.

뿐만 아니라 국내에 들어온 각국의 정보 기관의 요원들을 파악하기 위해 매진하고 있었다.

한 명이라도 놓쳤을 경우 어떤 일이 벌어질지 모르기 때문이다.

자국의 이익을 위해서라면 어떤 짓도 서슴지 않는 이들이다 보니 김세진의 고민이 한두 가지가 아니다.

"일단 그들에게 접근하는 자들을 예의 주시하시고 천하

디펜스의 연구원들에 대한 경호는 내 정대한 회장에게 다시 한 번 이야기 하고, 그들의 경호는 SA(Special Ace)에 맡기기로 하지."

대통령은 플라즈마 실드라는 엄청난 무기를 만들어 낸 천하 디펜스의 연구원들을 보호하기 위해 2020년에 특수 목적으로 양성한 특수부대를 투입하기로 결정을 하였다.

SA는 스페셜 에이스의 머리글자를 따 부르는 명칭으로 말 그대로 대한민국을 대표하는 특수부대 중에서도 최고의 대원들을 뽑아 만든 부대였다.

그 존재 여부도 극비로 분류되어 있으며, 군 내부에서도 그들의 존재를 알고 있는 사람이 극소수다.

아무튼 대한민국이 비공식적으로 적대국에 보복을 하기 위해 만든 부대로, 천하 디펜스의 연구원들을 보호한다면 어느 누구도 쉽게 연구원들을 음해하지 못할 것이다.

"대장, 이번 작전 끝나고 신천지에서 일주일 휴가를 보내는 거 확실하죠?"

등소린은 앞서 걸어가는 사내를 보며 그렇게 물었다.

신천지가 무엇이냐면 그것은 중국 정부가 야심차게 장장

10년을 두고 건설한 위락 시설이었다.

중국 공산당이 경제 개방을 하면서 엄청난 고도 성장을 하였다.

세계에서 네 번째로 큰 국토를 가지고 있으며, 세계 인구의 1/3에 가까운 수의 국민, 그리고 엄청난 잠재력을 가진 나라가 바로 중국이었다.

그런 중국이 경제 개방을 하면서 엄청난 노동력을 가지고 값싼 저가 제품을 양산을 하였다.

티끌 모아 태산 된다고, 값싸고 저가 제품을 엄청나게 생산하다 보니 중국의 경제는 날로 발전을 하였다.

하지만 중국이 발전을 하더라도 중국이란 나라의 이미지는 가격도 싸고 품질도 믿을 수 없는 싸구려 내지는 짝퉁이란 이미지였다.

이러한 이미지를 떨치기 위해 중국이 진행한 프로젝트가 신천지 프로젝트였다.

넓은 중국 땅에 인간의 손길이 닿지 않아 수려한 자연 환경을 가진 곳이 꽤 많았다.

이런 천연의 자원에 최대한 훼손하지 않는 범위에서 마치 전설에 나오는 무릉도원을 방불케 할 정도의 신도시를 건설하였다.

기존 발전 우선이 아닌, 말 그대로 중국이 가진 모든 역량을 동원한, 세계에 자랑하기 위한 목적으로 휴양 도시를 건설한 것이다.

신천지를 방문하기 위해서는 엄정한 심사를 거쳐야만 입장이 가능했기에 중국인들 중에서도 그곳을 방문한 사람은 몇 없었다.

공산당 간부이거나 아니면 외국의 귀빈들만 그곳을 방문했을 뿐이다.

이는 중국 공산당이 철저하게 관리를 하였기에 아직까지도 신천지 내부가 어떻게 생겼는지 아직까지 알려진 것은 없었다.

다만 그곳을 다녀온 외국 귀빈들의 입에서 나온 작은 정보를 보면 지상의 낙원이요, 환상향이라는 이야기를 하였다.

그런데 이번 임무를 완료하면 이들 팀에게 신천지 방문이 허가된 것이다.

공항을 빠져나오는 이들의 정체는 중국 국가 안전부(MSS)에서도 은밀한 흑검(黑劍)이었다.

국안부의 요원들 중 최고의 요원만 따로 양성한 이들이 이들 흑검인데, 이들의 일은 여느 요원과 다르게 요인 암살과 납치가 전문이었다.

더욱이 흑검 중에서도 이들은 납치보다는 요인 암살이 특기인 팀이었다.

이들이 한국에 입국한 것은 상부에서 내려온 암살 명령 때문이었는데, 중국 정부는 자신들의 속국과 같은 한국이 자신들을 위협할 만한 무기를 개발했다는 정보를 입수하자 그것을 파괴할 목적으로 이들을 한국에 파견한 것이었다.

자신들의 속국이라 생각하는 한국이 자신들보다는 경쟁국인 미국과 조금 더 가깝다는 사실에 위협을 느꼈기에 그것을 그냥 두고 볼 수는 없었다.

비록 위험한 무기이지만 한국 같이 작은 나라가 가지고 있다면 별문제가 될 것도 없었다.

하지만 그것이 미국의 손에 들어간다면 그건 다른 문제였다.

지금도 자신들이 감당하기 힘든 것이 바로 미국이다.

아니, 전 세계 국가와 전쟁을 할 수 있는 전력을 가지고 있는 곳이 바로 세계 최강 미국이다.

일단 핵무기는 차치에 두고라도 미국의 전력을 살펴보면 육군에 병력 64만여 명, 10개 사단, 해안 경비대 43,000여 명, 3세대 전차인M1A1, M1A2 전차 5,855대와, 3.5세대 전차로 불리는 M1A3 전차 1,500대, 보병을 실어 나를 수 있는 장갑차 M113, M2/M3 등 25,678대, 지상군의 화력 지원을 하는 견인포 1,836문, 자주포 1,594대, 다연장 로켓 발사 시스템인 MLRS 1,143대뿐만 아니라 육군

항공대 전력인 UH—60, AH—64 헬기 4,050대가 있다.

이 육군 병력만 해도 엄청난 화력인데, 미군의 힘은 육군이 아닌 해군과 공군, 그리고 전천후 기동 군단인 해병대에 있다.

해군의 전력으로는 병력 333,000명 배수량 10만 톤 이상 항공모함 11척과 원자력 잠수함 71척, 이중 전략 핵잠수함이 14척이다.

그리고 이지스 순양함이 22척, 이지스 구축함 61척에 상륙함 29척, 또 해군은 자체 내부에 항공대를 가지고 있는데, 이들이 보유한 전투기로는 F/A—18E/F 전투기 964대, 헬리콥터 641대를 보유하고 있었다.

사실 미국이 보유한 항공모함 한 척이면 웬만한 나라의 전력인데 그것을 11척이나 보유하고 있다.

해군이 이런데 공군이나 해병대는 따로 언급을 할 필요도 없을 정도로 엄청난 전력을 보유한 곳이 바로 미국이란 나라다.

그중 해병대는 세계 곳곳의 분쟁 지역에 긴급 투입되어 각종 전투를 치르며 미국 내 최정예로 정평이 났다.

거기다 또 어떤 첨단무기가 있을지 모르는데, 한국이 개발한 플라즈마 실드 기술이 넘어가게 된다면, 중국은 물론, 세계 그 어느 나라도 미국의 행보를 막을 수 없을 것이다.

중국 공산당 지도부는 이런 판단 아래 흑검에게 플라즈마 실드 기술을 개발한 한국의 과학자를 납치하거나 암살을 하라고 명령을 하였다.

그렇지만 납치 보다는 암살에 무게를 두고 명령을 내렸다.

괜히 기술을 빼내겠다고 힘들게 납치를 하다 엉뚱한 자들에게 정보가 넘어가면 애써 키운 흑검을 잃을 수도 있다.

또 죽 쒀서 개 준다는 말처럼 다른 나라에 어부지리를 줄 수도 있기 때문에 자신들이 갖지 못할 것 같으면 아무도 갖지 못하게 하겠다는 심보였다.

"조용히 하고 일단 안가로 간다. 조용히 하고 따라오도록."

흑검의 대장인 장현은 임무를 끝내고 돌아가면 신천지에 갈 수 있다는 것에 흥분해 있는 등소린에게 주의를 주며 앞으로 걸어갔다.

이들은 대장의 그런 말에 조용히 그의 뒤를 따라 공항을 빠져나갔다.

그런데 공항을 빠져나가는 흑검을 지켜보는 시선이 있었다.

치직!

"중국 국안부 요원으로 보이는 여섯 명이 방금 홍콩발 133기를 타고 입국했습니다."

공항 기둥 뒤에서 장현과 흑검이 들어온 것을 상부에 보고한 남자는 자리를 떠났다.

그런데 그 또한 누군가 지켜보고 있었다는 것은 알지 못했다.

마치 뛰는 놈 위에 나는 놈이 있다는 말처럼 국정원 요원인 남자를 지켜보던 사람도 조용히 현장을 떠났다.

8.
루나의 키스

ADD의 화포 시험장에서의 방어력 시험은 성공적으로 끝났다.

　차체에 부착한 실드 마법 발생 장치는 아주 훌륭하게 작동을 하였다.

　비록 전차 포탄 세 발에 깨지기는 했지만, 그건 아무래도 좋았다.

　한 번에 전차 포탄 세 발을 맞지 않으면 승무원들이 안전하다는 것이니 실드 마법 발생 장치는 엄청난 것이다.

　더욱이 실험은 전투 수칙에 나온 교전거리인 2㎞가 아니라 그 절반인 1㎞에서의 피격 실험이지 않은가.

　만약 정상적인 전투 교전 거리에서의 시험이라면 세 발이 아니라 더 많은 포탄을 견딜 수 있다는 말이었다.

수한은 실드 마법이 자신의 예상보다 더 뛰어난 성능을 보이자 준비한 다른 것들도 실험을 하였다.

하지만 리버스 그레비티 마법은 수한의 예상한 정도의 효과만 보였을 뿐이다.

사실 실드 마법이 예상보다 더 좋은 결과를 보였기에 역중력 마법도 혹시 실드 마법처럼 예상보다 더 좋은 결과를 보이지 않을까, 기대를 하였지만, 어찌 된 것인지 역중력 마법은 그렇지 않았다.

똑같은 등급의 옥에, 같은 개수를 사용해 마법진을 만들었음에도 결과는 다르게 나왔다.

그것을 보며 지구에서의 실드 마법과 역중력 마법은 뭔가 다르게 작용을 한 것이라 결론을 내릴 수밖에 없었다.

그렇다고 역중력 마법을 적용해 장갑을 더 두텁게 무장을 한 차체도 그리 나쁜 결과를 보였던 것만은 아니다.

그것도 육군의 장갑 방어력 요구에 충족할 만한 결과를 얻었다.

즉, 둘 다 최초 목적은 충족한 것이다.

다만 실드 마법을 적용한 쪽이 더 결과가 좋았을 뿐.

다만 시험을 마치고 수한이 장치의 남은 마나 잔량을 확인한 결과, 실드 마법을 적용한 장치의 마나 잔류 량이 역중력 마법을 실행한 장치보다 마나의 소모가 세 배나 많았다.

수학적으로 보면 실드 마법을 사용한 장치가 세 발을 막고, 세 배의 마나를 소비한 것이니 같은 것 아니냐 할 수도 있지만 그렇지 않다.

오히려 효용성 면에서 실드 마법 쪽이 더 효용성이 뛰어났다.

그 이유는 실드 마법은 교전 시에만 사용하고 평상시에는 꺼 둘 수 있다.

그 말은 옥에 들어 있는 마나를 소비하지 않고 보전할 수 있다는 말이다.

그런데 역중력 마법이 적용된 장치는 그렇지 않다.

역중력 마법으로 가벼워진 만큼 장갑을 더 보강을 하였기에 차체의 무게가 늘어나게 되었다.

그것을 운영하기 위해선 평상시에도 계속해서 차체에 역중력 마법을 적용해야 한다는 말이었다.

그러니 역중력 마법을 적용한 장치를 차체에 적용하게 된다면 옥에 담긴 마나를 계속해서 소비를 한다는 말이고, 그 말은 장치의 수명이 실드 마법을 적용한 장치보다 짧다는 말이었다.

그러니 경제적인 관점에서 역중력 마법을 적용한 장치보다는 실드마법을 적용한 장치가 더 뛰어난 것이란 말이 성립된다.

그렇지만 수한은 애써 만든 역중력 마법 발생 장치를 이대로 사장시키기에는 너무도 아까웠다.

수한이 이렇게 자신이 만들어 낸 마법 발생 장치를 어떻게 효율적으로 사용할 것인가 고민을 하고 있을 때, 또 다른 곳에서는 수한이 만든 실드 마법 발생 장치를 생산하기 위해 고심을 하고 있었다.

"정수현 이사! 정 박사가 요구한 것은 어떻게 되었나?"

천하 디펜스 내 회의장에는 회장인 정명환을 비롯한 임원들이 모여 회의를 하고 있었다.

그룹 최대 프로젝트인 XK—3개발이 가시화 되면서 연일 회의를 하고 있었다.

더욱이 이들은 자신들이 개발하고 있는 전차가 대한민국의 차세대 주력 전차로 선정이 될 것이란 확신을 가지고 미리 XK—3란 명칭을 사용하였다.

그리고 지금 회의를 하는 주제는 바로 수한이 이 주 전 선보인 실드 마법 발생 장치를 생산하기 위한 설비를 갖추는 문제로 회의를 하고 있었다.

처음 국방부에서 차세대 주력 전차 개발 발표를 하고 사업에 뛰어든 천하 디펜스가 2년여 만에 설계를 완성하고 프로토 타입을 만들어 낸 것은 참으로 엄청난 업적이었다.

사실 전차 개발이라는 것이 쉬운 일이 아니다.

현 대한민국 육군의 주력 전차인 K—2흑표만 해도 1995년 7월부터 기초연구가 시작되었고, 2003년에 정식으로 개발에 착수하였다.

흑표가 8년이 걸렸는데, 천하 디펜스에서는 국방부에서 연구에 들어간 2년여 만에 연구가 끝나 프로토 타입을 조립하고 있으니 이게 얼마나 빠른 것인지 알 수 있었다.

사실상 거의 완성형에 가깝다는 것이 맞을 것이다.

프로토 타입은 그저 운용 시험을 거쳐 육군이 보다 편하게 사용할 수 있게 성능을 조절하는 것에서 끝날 것이 분명했다.

물론 이것도 중요하지만 아무튼 천하 디펜스에서는 프로젝트 책임 연구원인 수한이 미흡했던 방어력을 획기적인 발명품으로 개발을 하자, 수한과 계약을 통해 천하 디펜스에서 그것을 생산할 수 있는 독점권을 사들였다.

수한은 실드 마법 발생 장치를 절대 특허 신청하지 않을 예정이었다.

그것은 특허를 낸다고 해서 영원히 그 기술을 보호받을 수 있는 것도 아니고, 또 특허를 내려면 마법 발생 장치의 작동 원리를 어느 정도 공개를 해야만 하는데, 지구에는 마법이란 것이 없었다.

그러니 그것을 과학적으로 설명을 할 수가 없다.

아니, 설명을 한다고 해도 수한의 설명을 알아들을 수 있는 능력을 가진 사람이 없다는 것이 정답이다.

이런 이유로 수한은 마법 발생 장치를 누가 복제를 한다고 해도 놔둘 것이다.

어차피 자신이 마법을 활성화 해 주지 않으면 작동이 되지 않다는 것을 알고 있기에 그런 마음을 먹은 것이기도 하다.

아무튼 수한은 둘째 큰아버지이며 천하 디펜스의 회장인 정명환이 자신이 만든 실드 마법 발생 장치에 대한 독점생산에 대한 말을 꺼내자 흔쾌히 허락을 하였다.

물론 그에 따른 소득 배분은 천하 디펜스와 그 간에 반반으로 하였다.

기업과 개인의 거래에서 그건 너무나 부당한 것처럼 보이지만 꼭 그렇지만은 않다.

제품을 생산하더라도 수한이 일일이 활성화 해 주지 않으면 마법 발생 장치는 그저 옥을 쇠로 된 상자에 넣은 물건, 그 이상도 이하도 아니었기 때문이다.

처음 이런 이야기가 나왔을 때는 많은 논란이 있었지만,

혈육은 혈육이고 계약은 계약인 것이다.

수한은 개인적으로 하고 싶은 것이 무척이나 많았다.

어차피 그에게 가족이란 몇 번 보지 못한 친척들이 아니라 자신을 이 세상에 환생하게 해 준 부모님, 그리고 그의 누나와, 납치된 자신을 데리고 탈출해 키워 준 의붓어머니 최성희와, 할아버지가 되어 준 혜원이다.

물론 친할아버지인 정대한이나 큰아버지들, 친척들에게 아주 정이 없는 것은 아니지만, 수한 자신이 하려는 꿈을 뒤로 미루면서까지 그들에게 유리하게 계약을 할 정도로 정이 깊은 것도 아니다.

어린 시절 의붓 할아버지인 혜원으로부터 한민족을 지켜 온 지킴이들의 삶에 대하여 들으면서 수한은 환생 전 로메로 왕궁 지하에서 죽기 전 다짐을 상기하였다.

그때부터였다. 한민족을 지켜 온 지킴이들의 정신을 계승하고 그 꿈을 꼭 이루고 말겠다고 다짐한 것은.

그렇기 위해선 많은 돈이 들어간다.

어린 수한이었지만 정신력만은 이미 의붓 할아버지인 혜원보다도 월등했다.

자신의 마법과 이 세상의 과학이란 것을 접목하면 못할 것도 없다고 생각했다.

그래서 의붓 할아버지인 혜원이 죽기 전 그 꿈을 이뤄 주고 싶었지만, 세상은 수한의 생각처럼 만만한 곳이 아니었다.

비록 마법이 없는 세상이지만 마법 못지않은 과학이 대신하고 있었다.

수한은 그래서 과학이란 것을 알기 위해 열심히 공부를 하였다.

그렇지만 이 과학이란 것도 공부를 하면 할수록 어렵고 또 깊이가 있었다.

자신이 전생에 마법의 많은 분야 중 생명에 관한 마법을 파고들었듯 과학도 여러 분야가 있었다.

그래서 처음에는 나라를 지키는 무기에 관한 공부를 하였다.

하지만 그것도 어느 순간 벽에 부딪혔다.

아무리 대마도사의 경지와 위자드 급의 정신력을 가지고 있다고 하지만, 너무도 생소한 과학은 그만큼 어려웠다.

처음부터 익혀야 할 것이 너무도 많았다.

차라리 전생의 기억이 없었다면 익히기 더 쉬웠을지도 모르겠지만, 수한은 불행인지 아니면 다행인지 전생의 기억을 가지고 있다.

그러다 보니 전생의 사고관이 수한이 이곳의 학문을 익히는 데 걸림돌이 되었다.

모든 것을 전생의 사고를 기준으로 받아들였기 때문이다.

그것을 마법사적인 끝없는 끈기로 극복을 하고 그 분야 박사 학위를 취득하였다.

그 과정에서 수한은 많은 특허를 취득하였다.

아무튼 이런 관계로 천하 디펜스는 수한의 실드 마법 발생 장치를 생산하기 위해 공장 부지를 마련하고 시설을 갖추는 데 노력을 기울였다.

사실 천하 디펜스가 개발한 전차의 핵심은 다른 것이 아닌 이 실드 마법 발생 장치이기 때문이다.

현대 과학으로 화력은 구현할 수 있는데, 육군이 요구한 방어력은 이 실드마법 발생 장치가 아니면 답이 없기 때문이다.

더욱이 정명환 회장이 생각하기에 이 장치의 쓰임은 무궁무진했다.

전투기나 군함은 물론, 주요 시설에 이것을 가져다 두면 적의 공격에 안전할 수 있기 때문이다.

물론 크기가 전차와 차이가 있어 적용을 하기 위해선 조금 더 연구를 해 봐야 하겠지만 말이다.

"부지는 정대한 총회장님 명의로 되어 있는 과천의 땅 15만 평을 매입하여 공사가 들어갔으며, 공장 외벽이 만들어지면 주문한 설비가 들어갈 것입니다."

정명환 회장은 자신의 아들이자 회사 이사인 정수현의 보고에 고개를 끄덕이다 또 다른 것을 물었다.

"그럼 언제쯤이나 제품이 나올 것 같나?"

"예, 현재 진행되는 공정률을 보면 설비 완료까지 이 주가 소모되고, 또 재료 구입과 정 박사가 말한 상질의 옥을 확보하는 것까지 계산을 하면 한 달은 더 기다려야 할 것 같습니다."

정수현은 천하 디펜스 회장인 자신의 아버지의 질문에 테블릿을 두드리며 무언가를 계산하는 듯하다 답을 하였다.

그런 아들의 모습에 정명환 회장은 고개를 끄덕였다.

"좋아! 한 달 뒤면 그것이 나온단 말이지?"

"아닙니다, 정정 하겠습니다. 한 달 뒤에야 제품 생산에 들어간다는 말입니다."

"그것과 그것이 무슨 차이지?"

정명환 회장은 한 달 뒤 제품 생산에 들어가는 것과 생산이 되는 것과 무슨 차이가 있는지 알 수가 없었다.

그가 본 플라즈마 발생 장치의 크기는 그리 크지도 않았다.

가로 세로 30㎝정도 작은 상자처럼 생긴 물건이었다.

뿐만 아니라 내부 구조도 무척이나 단순해 언뜻 보기에는 단순히 어떤 문양에 옥을 배치한 것이었다.

현대 기술로 그 정도는 몇 시간 안 되어 만들 수 있었다.

그런데 아들의 이야기를 들어 보면 그렇지 않다고 하는 것 같았다.

"그게 정수한 박사의 이야기로는 그렇게 제품을 만들어도 자신이 모종의 조치를 하지 않으면 장치가 정상 작동을 하지 않는다고 합니다."

정수현은 수한이 만든 장치가 어떤 원리로 작동하는지 알 수가 없었기에 그저 수한이 들려준 이야기를 자신의 아버지에게 보고할 뿐이다.

"흠……."

아들의 대답을 들은 정명환은 낮게 신음을 흘렸다.

그러면서 자신도 모르게 오른손으로 자신의 턱을 살짝 문질렀다.

그것은 정명환 회장이 뭔가 생각을 정리할 때 하는 버릇이었다.

한참을 말없이 그렇게 생각을 정리하던 그는 뭔가 생각난 것이 있는지 눈이 동그래졌다.

'아! 그래서 특허를 신청하지 않겠다고 했던 것이구나!'

아들의 이야기를 듣고 생각을 정리하다 이 주 전 계약을 할 때 자신의 조카인 수한이 무엇 때문에 특허를 신청하지 않겠다고 했는지 이제야 깨달았다.

작동 원리를 자신만 알고 있다면 굳이 특허를 받을 필요가 없었다.

불법 복제를 한다고 해도 장치가 작동을 하지 않는데 그만한 보안이 어디 있겠는가.

정명환 회장도 특허가 자신의 지적 재산을 보호해 주지 않는다는 것을 잘 알고 있다.

그리고 특허가 있다고 해서 모두 보호를 받을 수 있는 것도 아니다.

현대 사회도 야생의 밀림처럼 약육강식의 법칙이 적용이 되는 사회이다.

힘 있는 자는 어떤 짓을 하던 제재를 받지 않는다.

손해를 보고 피해를 보는 대상은 언제나 상대적으로 약자들이었다.

성삼 전자와 파인애플사의 휴대폰 특허 소송만 해도 그렇다.

똑같은 특허 침해이지만, 한국에서야 성삼의 위상이 절대적이지, 전 세계적으로 보면 그렇지도 않다.

더욱이 한국 기업인 성삼 전자와 다르게 파인애플사는 강대국 미국의 기업이다.

특허권 소송에서 성삼 전자가 승소한 것도 있고, 또 파인애플사가 승소한 것도 있다.

하지만 그 판결의 결과는 참으로 대조적이었다.

두 판결에 특허 침해 보상금 차이는 참으로 천문학적인 차이가 있었다.

파인애플사가 성삼 전자의 특허를 침해한 건에 대해선 한국 돈으로 몇 억 원 되지 않는 보상금을 판결한 반면, 성삼 전자가 침해한 특허에 관해선 엄청난 금액을 판결했던 것이다.

겨우 디자인이 조금 유사하다는 이유로 그런 판결을 내린 법원의 판결은 결코 공정하지 않다는 것을 볼 수 있다.

더욱이 이 특허라는 것도 그렇다.

똑같이 복제만 하지 않고 설계를 살짝 비틀어 사용하면 특허 소송에서 빗겨 갈 수 있었다.

물론 이것도 힘이 있어야 한다는 전제이나, 미국이라면 충분히 억지를 부릴 수 있었다.

그런데 자신의 조카가 개발한 이 플라즈마 실드 발생 장치는 본인이 어떤 조치를 취하지 않는 이상 그저 잘 만들어진 장식품일 뿐이라는 소리에 정명환의 입가에 저절로 미소를 짓게 만들었다.

그리고 이제야 깨닫게 된 정명환은 자신의 조카가 얼마나 대단한 인물인지 알게 되었다.

"그럼 회의는 이만 이것으로 마치기로 하고…… 참! 연구소와 연구원들의 경호는 어떻게 하기로 했나?"

정명환은 얼마 전 그룹 총회장인 자신의 아버지에게서 내려온 지시가 생각나 물었다.

"예, 그것은 천하 가드의 이종찬 사장님께 협조를 구했습니다. 현재 천하 가드는 천하 엔터와 개인 경호 의뢰로 파견나간 경호원들을 뺀 모든 인력을 저희 연구소와 연구원들의 경호에 투입하기로 계약을 하였습니다."

천하 디펜스 사장이자 정명환 회장의 사촌인 정명구가 대답을 하였다.

정명구 사장의 대답을 들은 정명환은 뭔가 찜찜한 기분에 인상을 찡그렸다.

대한민국 최고의 경호 회사인 천하가드에 의뢰를 하였다고 하였는데 아무래도 마음이 놓이지 않았다.

뭔가 큰일이 벌어질 것만 같은 그런 예감이 그의 뇌리를 스쳤다.

"음…… 정 사장, 내 예감이 좋지 않아. 그러니 천하 가드 이 사장에게 연락해 조금 더 신경을 써 달라고 해. 난 아버님께 찾아가 가문의 무력대를 파견해 달라고 부탁할 테니."

굳은 표정으로 사촌인 정명구에게 지시를 내린 정명환은 너무도 불길한 예감에 이대로 천하 가드에만 연구원들의 안전을 맡겨 둘 수 없다는 생각을 하였다.

위험한 분야에서 일을 해서 그런가. 정명환의 예감은 참으로 잘 맞았다.

예감이 좋지 않을 때면 얼마 지나지 않아 정말로 사고가 발생하였다.

그리고 정명환은 이런 자신의 육감을 믿고 조심을 하였기에 지금의 자리에 있을 수 있었다.

그렇지 않았다면 오래전 사고로 유명을 달리했을지도 몰랐다.

군수 업체를 운영하다 보면 각종 사건사고가 많았는데, 그중에서 납품 비리가 참으로 성행했다.

경쟁 업체의 테러나 커미션을 요구하는 부패한 군인들의 위협은 말로 다 할 수 없을 정도로 겪었다.

이럴 때마다 정명환은 어떤 느낌을 받았다.

차갑고 음습한 기운이 그의 코끝과 어깨를 스치고 지나갔던 것이다.

아무튼 불길한 예감에 정명환은 연구원들의 경호에 각별히 신경을 쓰라는 말을 하고 회의장을 나갔다.

루나는 방송 스케줄로 방송국에 왔다.

오늘은 다른 때와 다르게 멤버들과 함께 방송국에 온 것이 아니라 개인 스케줄로 혼자 방송국에 온 것이다.

벌써 루나가 방송에 데뷔한 지 7년차에 들었다.

그러다 보니 그녀도 그룹 활동뿐 아니라 개인적으로 방송에 출연하는 횟수도 늘었다.

그룹으로는 이미 대한민국 정상에 선 지도 몇 해다.

정상에 선 그녀는 아이돌그룹 멤버로서 개인적으로도 자신의 능력을 많은 사람에게 알리고 싶은 욕망이 있었다.

그래서 솔로 앨범도 내고 또 뮤지컬에 도전을 하며, 또 쇼 프로그램 MC와 드라마에도 출연하는 등 다방면에 끼를 뽐내고 있었다.

그런 루나의 노력이 통했는지 그녀가 출연한 뮤지컬이나 방송에서 호평을 받았다.

물론 초기에는 언제나 그렇듯 악평도 많았지만 그것에 좌절하지 않고 충고라 생각하며 더욱 노력을 하였다.

그러다 보니 그녀의 노력을 알아본 사람들이 하나둘 그녀에게 관심을 가져 주었다.

그리고 이렇게 프로그램 메인 MC로 발탁이 되었다.

그동안 루나는 MC로 발탁된 전적이 몇 번 있었지만, 모두 보조 MC 내지는 고정 게스트 정도에 머물렀었는데, 오늘은 메인 MC가 되어 쇼 프로그램을 진행하게 되었다.

루나는 자신이 메인 MC가 된 것을 누군가에게 자랑하고
싶었다.

그렇지만 멤버들이야 함께 살다 보니 회사에서 전화가 왔
을 때 함께 들어 알고 있다.

멤버들이 아닌 다른 사람 중 누군가에게 전화를 걸어 자랑
하고 싶은 생각이 들었던 루나는 자신의 대기실에 들어와 고
민을 하다 전화기를 들었다.

"지금 뭐해?"

전화를 건 상대에게 질문을 하였다.

"나 오늘 기쁜 일 있는데, 축하 좀 해 줘!"

전화를 받은 상대가 기분이 나쁘지 않음을 감지한 루나는
자신이 메인 MC가 된 것을 자랑하기 시작하였다.

참으로 뻔뻔한 말이었지만 루나는 태연하게 상대에게 그것
을 요구하였다.

"두 시간이면 끝나니, 나 저녁 사 줘!"

급기야 그녀는 상대방에게 다짜고짜 저녁을 사 달라 말까
지 하였다.

"약속한 거다."

통화 상대가 누군지는 모르지만 26살이나 된 처녀가 마치
소녀처럼 애교를 부리고 있었다.

그런 루나의 모습을 마침 대기실 문을 열고 들어오던 여인

이 보게 되었다.

"루나 언니! 메인 MC된 거 축하해!"

루나의 대기실로 들어온 사람은 수빈이었다.

방송국에 일이 있어 나왔던 수빈이 스케줄을 마치고 돌아가지 않고, 절친인 루나가 오늘 쇼 프로의 메인 MC로 발탁이 되었다는 소식에 축하하려고 찾아온 것이다.

그런데 대기실로 들어오며 축하 인사를 하다 못 볼 것을 보고 말았다.

누구와 통화를 하는지는 모르겠지만, 전화기에 대고 애교를 부리고 끼를 발산하는 루나의 모습에 눈이 커졌다.

"언니, 누구랑 통화를 하기에 전화기에 대고 끼를 부리는 거야?"

"하하, 하하……!"

루나는 자신의 숨기고픈 모습을 절친이자 라이벌인 수빈에게 들키자 아무 말도 못하고 어색하게 웃고만 있었다.

그런 루나의 모습에 뭔가 눈치를 챈 수빈은 눈을 반짝이며 루나를 흘겨보았다.

"방금 통화한 사람 수한이지? 그렇지?"

"어우, 기지배! 귀신이라니까!"

루나는 앙증맞은 목소리로 자신을 흘기고 있는 수빈을 보며 코끝을 찡긋했다.

그 모습에 수빈은 느낄 수 있었다.

자신의 짐작이 맞았다는 사실을 말이다.

"어서 불어! 몇 시에 만나기로 했어?"

"와! 너 신 내렸냐?"

"쓸데없는 소리 그만하고 어서 말해! 말하지 않으면 나 오늘 계속 언니 따라다닐 거야!"

수빈은 자신의 물음에 대답도 하지 않고 엉뚱한 소리만 하고 있는 루나를 보며 협박 아닌 협박을 하였다.

"어휴…… 그래, 말한다, 말해! 오늘 끝나고 저녁 먹기로 했다. 됐냐?!"

"그럼 그 자리 나도 갈 거야!"

루나의 대답을 들은 수빈은 볼 것도 없다는 듯 자신도 그 자리에 함께 하겠다는 말을 하였다.

그런 수빈의 모습에 루나는 체념을 하였다.

자신도 수한을 사랑하지만 수빈도 자신 못지않게 수한을 사랑하고 있다는 것을 잘 알고 있기 때문이다.

수빈뿐만 아니라 그녀의 친언니이자 자신과 같은 그룹에 있는 예빈도 수한을 좋아한다는 것을 잘 알고 있다.

하지만 예빈은 예전과 다르게 이제는 체념을 한 것인지 그런 모습이 많이 사라지긴 했으나 아직 모르는 것이다.

여자의 마음은 갈대라고 언제 또다시 그때로 돌아올지 말이다.

◆　　　◆　　　◆

"수고하셨습니다."

짝짝짝짝!

화려한 무대의 조명이 꺼지고 쇼가 끝났다.

루나는 처음으로 메인 MC를 본 것치고는 무척이나 자연스럽게 쇼를 진행을 하였다.

그 때문인지 담당 PD도 오늘 녹화를 무척이나 마음에 들어 하였다.

사실 처음 걱정도 있었다.

루나가 대한민국을 대표하는 아이돌 가수라고는 하지만 쇼 진행을 위해 단독 메인 MC를 한다는 것은 또 다른 문제다.

그동안 그녀가 보조 MC를 여러 번 경험했다고 해도 메인 MC라는 무게는 비교 불가능한 자리다.

쇼를 기획하고 준비를 하는 것이 PD와 방송스텝이라면 쇼를 이끌어 가는 존재는 바로 MC다.

즉, 아무리 잘 기획하고 준비를 해도 쇼를 이끌어 가는 MC가 제대로 진행을 하지 못하면 그 쇼를 망하는 것이다.

특히나 대한민국에서 여자 MC는 지금까지 보조적인 존재였지 오늘 루나처럼 메인 MC를 본 적은 한 번도 없었다.

이것도 사실 루나가 대한민국 최고 대표하는 아이돌 가수이기에 이런 자리를 차지할 수 있었다.

물론 소속사인 천하 엔터에서 물심양면으로 지원을 하였고, 또 루나도 그녀 나름대로 그동안 방송에서 활약을 하며 노력하는 모습을 보였기에 지금과 같은 기회를 얻은 것이다.

"루나 씨, 처음인데 잘하던데?!"

담당 PD는 스텝들에게 인사를 하며 무대에서 내려오는 루나를 보며 칭찬을 하였다.

"루나 씨가 보조 없이 우리 쇼 MC를 보는 것에 걱정이 많았었는데, 오늘 정말 수고했어요."

사실 루나만 메인 MC로 발탁이 된 것은 아니었다.

그녀 혼자 MC를 본다는 것을 걱정한 방송국 윗선에서 유명 남자 배우를 함께 메인으로 내세우려 하였다.

하지만 그 남자 배우에게 문제가 발생해 급하게 새로운 대타를 세우려 하였지만, 시간이 없어 대타를 구하지 못하고 녹화를 할 수밖에 없었다.

아무리 방송국이 갑의 위치에 있다고 하지만 방송에 출연하는 출연자들의 스케줄이란 것도 있고, 또 방송국 나름 스케줄이 있기에 어쩔 수 없이 루나 혼자 단독 MC 체제로 녹화를 할 수밖에 없었다.

그 때문에 담당 PD는 쇼가 진행이 되는 두 시간 동안 자리에 앉지도 못하고 무대 옆에서 안 보이는 곳에서 지켜보았다.

그런데 많은 사람들의 우려와 다르게 루나는 너무도 능숙하게 쇼를 진행하였다.

마치 다년간 숙련된 전문 MC들 마냥 화려한 언변과 적절한 농담을 섞어 가며 출연자들을 띄워 주었다.

그 때문인지 오늘 출연한 출연자들 모두 만족한 표정을 보였다.

"오늘 루나 씨가 MC를 맡은 기념으로 회식을 하려고 하는데 참석할 거지?"

PD는 오늘 회식이 있으니 참석할 것이냐 물었다.

비록 의향을 물어보는 말이지만 그의 말뜻은 루나가 주인공이니 꼭 참석을 하라는 말이었다.

다른 때 같으면 바로 그렇게 하겠다고 말을 하겠지만 오늘은 아니었다.

이미 선약이 있었다.

꼭 축하를 받고 싶은 사람이 있고 그와 약속을 하였기에 오늘은 PD의 말을 들어줄 수 없었다.

"이런 어쩌죠. 저도 PD님과 스텝들과 오늘을 축하하고 싶지만 선약이 있어서요. 저에게 아주 중요한 약속이라 깰 수가 없어요. 회식 다음 주로 미루면 안 되나요?"

루나는 수한과 약속을 하였기에 PD의 말이 썩 달갑지 않았다.

사실 루나는 너무 기뻐 수한에게 자랑을 하며 또 축하를 받고 싶은 욕심에 전화를 걸어 약속을 잡은 것이다.

그랬는데 생각지도 않게 촬영이 끝나고 PD가 회식을 하자는 말에 당황하였다.

루나는 최대한 정중하게 양해를 구했다.

일단 자신의 실수가 어느 정도 작용을 해 프로그램 담당 PD와 방송 스텝들과 교분을 나눌 기회를 무산시켰기 때문이다.

방송을 하다 보면 이렇게 원치 않아도 방송 관계자들과 술자리를 할 때도 있다.

이럴 때 상대방이 기분이 상하지 않게 거절하는 것이 아주 중요하다.

루나가 아무리 대스타라 해도 방송국 직원들과 척을 지면 손해를 보는 것은 방송국 직원들 보다 그녀의 쪽이었다.

아니나 다를까 루나가 오늘 약속 때문에 회식에 참여할 수 없다고 말을 하자 PD의 표정이 썩 좋지 못했다.

그도 그럴 것이 자신을 환영하기 위해 회식자리를 마련하였는데 거절을 하니 기분이 좋을 일이 없었다.

그런 PD의 표정을 읽은 루나는 얼른 말을 이었다.

"PD님 죄송해요. 오늘은 그냥 PD님과 스텝 분들 수고하셨으니 회식하시고, 다음에 제가 자리를 마련할게요, 네?"

루나는 만화 영화에 나오던 고양이 눈을 하며 PD를 보며 사정을 하였다.

그런 루나의 모습에 PD도 더 이상 화를 낼 수가 없었다.

"뭐 다음에 루나 씨가 우리 팀 회식을 한 번 더 시켜 준다는데 거절할 수가 있나? 오늘만 날은 아니니, 사정이 그렇다니 어쩔 수 없지. 그럼 우리끼리 회식을 하지. 오늘 수고했어요, 피곤할 테니 그만 들어가 봐요."

기분 나빠하던 PD의 억양이 부드럽게 바뀌자 그제야 속으로 안도의 한숨을 쉬었다.

"네, 그럼 먼저 들어가 보겠습니다. 그리고 정말로 죄송해요."

"아니야! 중요한 선약이 있다는데 어쩔 수 없는 일이지. 다만 루나 씨가 준비한다는 자리 기대할게요."

PD도 거듭되는 루나의 사과에 마음이 풀렸는지 마지막에는 농담을 하며 자리를 떠나갔다.

"휴!"

이번 쇼의 담당 PD가 자리를 떠나자 그제야 안도의 한숨을 쉬었다.

◆　　　◆　　　◆

　루나는 PD와 헤어져 대기실로 돌아왔다.

　대기실에는 녹화 전 축하하러 왔던 수빈이 기다리고 있었다.

　"지금 끝난 거야?"

　"응, 조금만 기다려 화장만 지우고 가자!"

　"알았어."

　루나는 지금까지 자신을 기다린 수빈에게 양해를 구하고 대기실 화장대 앞에 앉아 메이크업을 지우기 시작했다.

　방송용 메이크업은 일반 화장과 다르게 방송 화면에 잘 나오기 위해 아주 진하게 화장을 한다.

　그렇기 때문에 밖에서 보게 되면 무척이나 이상하게 보일 때가 많았다.

　조금 뒤 만나기로 약속한 수한에게 언제나 아름답게 보이고 싶은 루나였다.

　비록 자신이 수한보다 세 살이나 많았지만 그런 것은 개의치 않았다.

　나이 세 살 많은 것이 죄도 아니고 부끄러울 것도 없지 않은가.

하지만 그렇게 생각을 하면서도 루나는 자신이 수한보다 나이가 많다는 것이 은근히 신경이 쓰였다.

혹시나 수한이 자신보다 어린 여자를 좋아하면 어쩌나 하는 생각 때문이다.

남자란 어린 여자를 좋아한다는 이야기가 있지 않은가.

그래서 루나는 수한을 만나는 때면 언제나 화장을 지우고 가벼운 BB크림 정도만 하고 나갔다.

그래야 조금이라도 어려 보이기 때문이다.

화장을 다 지우고 간단하게 BB크림만 바른 루나는 수빈을 돌아보며 말했다.

"다 끝났어! 그만 가자 수한이 기다리겠다."

"그래."

루나의 말에 수빈도 자리에서 일어났다.

그런데 희한하게도 언뜻 보기에 화장을 지운 루나와 수빈의 모습이 비슷하게 보였다.

얼굴형이나 이목구비가 분명 다른데도 풍기는 분위기가 무척이나 닮았다.

사실 이건 두 사람 다 아직 인식하지 못한 것이지만, 수한이 언젠가 그녀들이 있을 때 이상형에 대하여 말을 한 적이 있었다.

적극적인 공세를 하는 그녀들에게 너무도 덤덤한 수한에게 좋아하는 이상형이 어떤지 물었다.

그리고 그때 수한이 자신의 이상형에 관해 이야기를 한 적이 있었다.

그 이상형이란 것이 어처구니없게도 자신의 친모인 조미영과 양모인 최성희를 적절히 섞은 모습이었다.

어차피 수한에게 여성은 그리 친근한 존재가 아니었다.

전생이나 현생 모두 합쳐도 그와 말을 섞은 여성의 숫자는 손에 꼽을 정도일 것이다.

그러니 수한에게 가장 인상에 남는 여인이라고는 현생에 피붙이인 어머니와 누나인 수정 그리고 양어머니인 최성희뿐이다.

그리고 조금 더 확대해서 누나가 속한 그룹 멤버들과 수빈이다.

그들 외에 특별히 수한이 신경을 쓰는 사람은 없었다.

그렇다 보니 루나가 이상형을 물었을 때 자신도 모르게 두 어머니를 떠올리며 그 특징을 이야기하게 된 것이다.

더욱이 친모와 양모 두 사람과 있을 때면 한없이 풀어지는 수한 본인이다 보니 본능적으로 이상형을 어머니들에 맞추었다.

그런 수한의 이야기를 들었으니 수한을 좋아하는 수빈이나 루나 등은 과도한 화장을 지양하고 자연스럽게 보이기 위해 연출을 하였다.

그러다 보니 루나와 수빈은 생김새는 다르지만 비슷한 분위기를 풍기는 것이다.

두 사람은 이야기를 하며 방송국 주차장으로 향했다.

주차장에는 두 사람을 태우러 온 매니저와 경호원이 대기를 하고 있었다.

"오빠! 숙소로 가지 말고 청솔가든으로 가 줘!"

루나는 자신을 데리러 온 매니저에게 숙소가 아닌 청솔가든으로 가 주길 주문하였다.

"청솔가든?"

"응, 청솔가든."

그런 루나의 주문에 매니저는 무엇 때문에 가냐는 뉘앙스로 물었지만, 루나는 다른 말은 하지 않고 그저 간단한 말로 응수했다.

"휴, 방송국 회식도 거부하고 누굴 만나려고 그러냐?"

조금 전 방송관계자에게 루나가 방송국 회식을 거부했다는 이야기를 들었다.

좋게 이야기 되어 불이익은 없을 것이라 들었기에 다행이란 생각이 들기는 했지만, 이건 아니란 생각이 들어 한소리 하려고 하였다.

파이브돌스가 최고이고 잘나간다고 해도 방송국을 상대로

는 천하 엔터라도 조심스러울 수밖에 없었다.

모기업이 대기업이고 천하 엔터에 소속된 연예인들이 최고라고 하지만 구설수에 올라서 좋을 것이 없기 때문이다.

"너 그러다 스캔들 터지면 어쩌려고 그런 데서 만나?"

"스캔들? 그럼 나야 좋지! 큭큭!"

자신을 걱정하는 매니저의 말에 루나는 그의 말대로 스캔들이 터졌으면 좋겠다는 듯 말을 하며 웃어 댔다.

그런 루나의 반응에 매니저는 물론 옆자리에 있던 수빈도 어이없다는 표정으로 그녀를 돌아보았다.

"너 스캔들 낼 생각이라면 꿈 깨!"

지금 루나가 무슨 생각으로 그런 말을 했는지 잘 알고 있는 수빈으로서는 그녀가 말이 결코 빈말이 아님을 알고 있다.

"아무튼 조심해! 요즘 분위기 좋지 않으니."

매니저는 루나의 말을 그저 농담으로 넘기며 주의를 주었다.

아닌 게 아니라 방송가 분위기가 썩 좋지 못했다.

무슨 일인가 일어날 것만 같은 어수선한 분위기였다.

그리고 증권가 소문에 연예계 비리와 성상납과 같은, 쉬쉬하고 민감한 문제에 대한 공공연한 소문이 퍼지고 있는 시점이었다. 대한민국을 대표하는 파이브돌스 멤버인 루나가 스캔들이라도 터지면 그 기폭제가 되어 일이 일파만파 커질지도 몰랐다.

만약 루나의 일로 방송가에 된서리가 몰아친다면 루나도 무사하지 못할 것이다.

그렇기에 매니저는 루나와 수빈에게 주의를 주며 운전을 하였다.

연예인들이 타고 다니는 스타크래프트 벤이 음식점 앞에 멈추어 섰다.

"약속한 거다!"

차에서 내리는 루나와 수빈의 뒤로 매니저가 소리쳤다.

그런 매니저의 말에 루나는 코끝을 찡그리며 대답을 하였다.

"오빠! 알았다고, 몇 번을 말하는 거야!"

"어휴, 수빈아! 네가 루나 좀 잘 단속 좀 해!"

"알겠습니다."

"그래, 부탁한다. 그럼 내일 아침에 보자!"

매니저는 루나가 말한 청솔가든에 두 사람을 내려 주고 신신당부를 하며 그렇게 떠나갔다.

자신들을 태우고 온 차가 멀어지자 그 모습을 지켜보던 루나와 수빈은 약속 장소인 청솔가든으로 들어갔다.

"어서 오십시오."

가든 입구에 서니 직원이 두 사람을 맞았다.

"정수한이란 이름으로 예약이 되어 있을 텐데……."

루나는 예약자 이름을 말했다.

그러자 직원은 예약자 명부를 확인하였다.

이곳 청솔가든은 일반인 손님은 받지 않고, 모두 사전 예약을 해 손님을 받는 업소로 한식과 양식을 접목한 퓨전 요리가 특징이었다.

그래서 젊은 연인들도 찾기도 하지만 나이 지긋한 어른들도 찾아오는 곳이다.

그러다 보니 찾는 손님들에 비해 자리의 수는 한정이 되어 있어서 이렇게 사전 예약제로 전환을 한 것이다.

그렇지 않으면 혼잡스러워져 격이 떨어질 우려가 있기 때문이기도 했다.

아무튼 예약자 이름을 확인한 직원은 두 사람을 예약된 룸으로 이들을 안내하였다.

청솔가든을 또 다른 특징은 홀에서 식사를 할 수도 있고, 이렇게 따로 다른 사람들과 격리된 룸을 이용할 수도 있다는 것이다.

물론 룸을 예약을 할 때는 그만큼 비용이 더 추가되지만 많은 사람들이 홀 보다는 룸을 선호하였다.

그것은 다른 사람들과 격리되어 자신들만의 공간을 사용할 수 있다는 점에서 안정감과 또 아늑함을 느끼기 때문이었다.

더욱이 룸은 여느 식당과 다르게 방음도 잘되어 있어 안에서의 말소리가 밖으로 새 나가지 않아 더욱 좋았다.

물론 이곳에서 일을 하는 종업원들도 교육을 잘 받아 손님들의 비밀을 잘 지켜 주었다.

그래서 청솔가든을 찾는 손님들 중에선 연예인들의 비중이 참으로 높았다.

사실 오늘 저녁 약속을 잡으며 루나가 자신의 이름으로 예약을 하려고 하였지만, 그렇지 않고 수한의 이름으로 한 것은 전적으로 수한이 그녀의 이름값을 알기에 그런 것이다.

똑똑!

"기다리시던 분들이 오셨습니다."

안내를 하던 직원은 예약된 방에 도착을 하자 노크를 하며 문을 열었다.

룸의 문이 열리고 직원이 비켜서자 루나와 수빈이 룸 안으로 들어섰다.

루나와 수빈이 룸 안으로 들어서자 직원도 따라 들어왔다.

"식사는 어떻게 하시겠습니까?"

직원이 어떻게 할 것인지 물어보자 수한이 나서서 대답을 하였다.

"오늘 요리사 추천 요리로 삼 인분 부탁합니다. 참! 술은 도수가 낮은 샴페인 부탁합니다."

오늘 자리가 루나의 첫 메인 MC가 된 것을 축하하는 자리다 보니 수한은 식사 요리를 주문과 함께 샴페인도 주문을 하였다.

축하하는 자리에 샴페인이 빠질 수는 없기 때문이다.

"수한아 고마워!"

비록 자신이 억지로 전화를 걸어 축하해 달라고 말은 하였지만, 정말로 수한이 자신의 부탁을 들어줄 것이라고는 생각지 못했다.

요즘 수한이 얼마나 바쁜지 루나도 잘 알고 있기 때문이다.

그룹에서 10조가 넘는 엄청난 돈이 걸려 있는 프로젝트를 진행하고 있는데, 수한이 그 프로젝트에 아주 핵심적인 존재란 것을 수정으로부터 들어 알고 있었다.

그런데 자신의 부탁을 들어주는 수한에게 너무도 감사했다.

몇 달 전 자신의 생일 파티에도 와 주기도 하고, 그날 있던 감정 교류를 루나는 잊을 수가 없었다.

사실 그날 루나는 수한을 자신의 남자라 인식을 하였다.

그전에는 그저 이상형의 남자로 장난 반, 진심 반의 그런 감정이었는데, 그날 이후 루나에게 남자로 여겨지는 존재는 수한뿐이었다.

그렇기에 오늘 자신에게 일어난 기쁜 일에 가장 축하를 받고 싶었던 사람도 수한이었다.

예전이라면 같이 고생을 한 멤버들이 우선이었겠지만 이제는 아니었다.

그들에게는 조금 미안하나, 자신이 MC로 발탁이 되었다고 전해 들었을 때 가장 먼저 생각난 사람은 가족도 아니고 또 가족보다 이제는 더 가까운 사이가 된 멤버들도 아니었다.

가끔 얼굴을 비추고 그러면서도 배려를 잊지 않는 수한의 얼굴이 가장 먼저 떠올랐다.

그리고 그에게 축하를 받고 싶다는 생각에 방송국 대기실에서 무턱대고 전화를 건 것이다.

지금도 자신을 배려하기 위해 자신의 이름으로 룸을 예약하고 또 샴페인까지 정말로 생각할수록 수한에게 빠져드는 자신을 느끼는 루나였다.

그런 루나의 모습을 옆에서 지켜보는 수빈도 수한의 자상한 모습에 눈이 반짝였다.

직원이 나가고 룸 안은 루나의 메인 MC 발탁에 대한 축하와 수한이 맡은 프로젝트가 성공적으로 마무리 단계에 들어간 것에 대한 축하로 화기애애해졌다.

물론 수한은 자신이 맡은 프로젝트에 관해 자세한 이야기보다는 그저 성공적이란 말과, 얼마 뒤 자신의 일이 마무리될 것이란 이야기만 했을 뿐이다.

자신이 하는 일을 굳이 두 사람이 알아서 좋을 것은 없기 때문이다.

그리고 언뜻 듣기로 군대 이야기와 축구 그리고 공학 이야기는 여자들에게 인기가 없다고 들었기에 간단하게 말을 끝낸 것도 있다.

사실 수한도 루나의 생일날 있었던 그 감정의 교류를 가볍게 생각하는 것은 아니었다.

조금 이르긴 하지만 언젠가 자신도 결혼을 할 것이기에 루나와 그리고 이 자리에 있는 수빈을 가볍게 생각하지 않았다.

자신의 이야기를 들어주는 일을 여자들이 좋아한다는 이야기를 수한도 들어 보았기에 수한은 루나와 수빈의 이야기에 귀를 기울였다.

주로 두 사람이 이야기를 하고 수한은 대체적으로 들어주고 있었다.

때때로 두 사람의 말에 맞장구를 쳐 주며 호응을 해 줄 때 두 사람의 반응은 아주 열렬했다.

그렇지만 큰 잔치도 끝이 있는 법이다.

화기애애한 이 자리도 그만 끝내고 각자 집으로 돌아가야 할 시간이 되었다.

즐거운 시간을 보낸 세 사람은 즐거운 표정으로 청솔가든을 나왔다.

매니저도 보냈기에 두 사람을 숙소로 데려다 주는 것은 수한이 이들을 숙소로 데려다 주기로 하였다.

두 사람의 숙소가 있는 청담동에 있는 아파트에 내려 주었다.

"오늘 고마웠어!"

"아니야, 누나 MC된 것 다시 한 번 축하하고, 앞으로도 쭉 발전을 하여 그 부문에서도 최고가 되길 바랄게."

"그래, 고마워!"

"그럼 난 이만 가 볼게 어서 들어가."

"응."

"수한아 오늘 저녁 잘 먹었어. 다음에는 내가 맛있는 저녁

사 줄게!"

수빈은 수한에게 오늘 저녁을 얻어먹은 것에 그렇게 인사를 하였다.

"피곤하겠다. 우리 그만 들어갈 테니 너도 어서 들어가."

루나는 수한에게 들어가라는 말을 하였다.

말을 마친 루나는 수한이 차에 오르자 손짓을 하여 차문을 열도록 하였다.

그리고 기습적으로 수한의 볼에 입을 맞추고, 아파트 입구로 뛰어갔다.

너무나 갑작스러운 일이라 수한은 멍해졌다.

그건 먼저 걸어가던 수빈도 마찬가지였다.

마지막 인사만 하고 오겠다던 루나가 무슨 짓을 하나 입구에서 들어가지 않고 지켜보다 그녀가 수한을 상대로 기습 키스를 하는 것을 보게 된 것이다.

"언니! 반칙이야!"

안으로 뛰어 들어가는 루나의 뒤에 대고 수빈은 그렇게 소리치며 따라갔다.

솔직히 수빈도 수한에게 루나처럼 하고 싶었지만 용기가 나지 않아 참고 있었는데, 루나가 먼저 선수를 치자 분했다.

한편 루나의 기습 키스를 받은 수한은 비록 입술이 아닌 뺨이었지만, 어머니와 누나가 아닌 이성에게 처음으로 키스를 받은 것이었다.

더욱이 그들에게도 아기일 때 외에는 그런 스킨십을 받지 않았다.

하긴 18년 만에 다 장성해 돌아왔으니 스킨십을 하기에는 나이가 너무 들었다.

아무튼 생각지도 못한 루나의 기습 키스였지만 나쁘지 않았다.

자신도 모르게 입가에 미소가 걸리는 수한이었다.

조용히 자동차에 시동을 걸고 아파트 단지를 빠져나가며 조금 전 루나의 입술이 자신의 볼에 닿던 느낌을 음미하며 집으로 향했다.

그런데 너무 기분이 좋아서 그랬을까? 다른 때 같으면 느꼈을 것이지만 수한은 누군가 자신의 뒤를 미행하고 있는 것을 눈치채지 못했다.

〈『그레이트 코리아』 제6권에서 계속〉

BBULMEDIA

http://www.bbulmedia.com